행복한 삶을 위한 진리의 깨달음

너는
또 다른
나

서문

 우리가 살아가면서 가지게 되는 궁극적인 의문점인 나는 누구이며 그리고 왜 사는가, 또 우리는 어디서 왔다가 어디로 가는가, 또 어떻게 사는 것이 인간답게 올바로 사는 것인가 하는 문제에 대한 명쾌한 해답을 제시한다.

 또 우리 삶에 고통과 걱정을 안겨 주는 죽음 및 각종 난관에 대한 의미와 극복 방법을 제시하고자 한다. 특히 우리 삶의 최고, 최상의 가치인 사랑을 온전하게 실천할 수 있는 방법을 제시하여 삶의 수많은 갈등과 대립을 극복하고 행복한 삶을 이룰 수 있는 방법을 제시하고자 한다.

 그리고 현재 우리 사회의 갈등과 분열을 증폭하고 있는 진보, 보수의 이념 갈등과 양극화를 해소할 수 있는 사람이 근본이 되는 인본주의의 필요성을 제시한다. 더 나아가 지구촌의 민주, 공산 진영의 대립에 의한 전쟁, 테러, 기아, 난민 등의 인류 사회 전체 문제의 해결책을 제시하여 정의롭고 평화로운 인류 사회 구현을 도모하고자 한다.

2022년 3월

윤기철

제1부

나는 누구이며 왜 사는가

1

세상의 본질

이 세상 우주 만물은 138억 년 전 빅뱅이란 대폭발에 의해 생성된 것으로 알려져 있으며 고대 그리스 철학자들은 이 세상의 본질을 물이나 공기라고 생각하였습니다.

현대 물리학에 의하면 물질의 최소 단위는 양성자와 중성자로 이루어져 있고 이것들은 또 쿼크라는 근본 입자로 이루어져 있다고 알려져 있습니다. 그렇다면 이 쿼크라는 소립자가 이 세상 우주 만물의 본질일까요?

아닙니다. 이것은 물질의 구성 현상이지 본질이 아닙니다.

이 세상 우주 만물의 본질이 쿼크라는 물질이라면 이 세상과 우리 삶의 의미를 찾는 것이 매우 어려워집니다.

프랑스 철학자 장 폴 사르트르는 세상 우주 만물은 아무 의미

나 목적 없이 어쩌다 우연히 생겨난 것이라고 말합니다. 이것은 무신론자인 일반인과 유물론자인 과학자 대부분의 생각이기도 합니다.

우리 주변의 모든 생활용품은 제품 설계도가 있으며 반드시 설계자가 있습니다. 저절로 우연히 생긴 것은 하나도 존재하지 않습니다.

이 세상 우주 만물도 엄청나게 복잡하고 정교한 설계도가 있습니다. 그것을 밝혀내고 있는 것이 과학이구요.

이 세상 우주 만물의 설계도가 있다는 것은 그것의 설계자가 있다는 의미입니다. 그 설계자가 바로 우주 만물의 창조주 하나님입니다.

이 세상 우주 만물은 아무 목적도 의미도 없는 우연의 산물이 결코 아닙니다.

이 세상 우주 만물은 행복한 삶이라는 뚜렷한 목적과 의미를 가지고 창조주 하나님에 의해서 창조된 필연의 산물입니다.

이 세상의 존재 의미와 본질은 오로지 우리의 행복한 삶을 위한 하나님의 사랑입니다.

이 세상 우주 만물의 본질이 오로지 나의 행복한 삶을 위한 하나님의 사랑이란 생각을 하면 이 세상에 대한 두려움, 불안, 걱정은 모두 사라지고 항상 잔잔한 사랑의 기쁨과 감사가 가득한 마음으로 행복한 삶을 살아갈 수가 있습니다.

2

나는 누구인가

우리는 삶이 힘들고 괴로울 때 문득 나는 누구이며 어디서 왔다 어디로 가는 것일까 하는 생각에 잠겨 세상과 삶에 막막함을 느끼곤 합니다.

과학이 밝혀낸 인간의 정체는 다음과 같습니다. 138억 년 전 빅뱅에 의해 우주가 탄생하였으며 우주의 별들이 생명을 다하고 폭발에 의하여 사라질 때 생성된 별들의 먼지로 인간이 만들어졌다고 합니다.

세상 우주 만물과 인간의 몸은 원자라는 기본 입자로 구성되어 있으며 태초의 물질인 수소, 탄소, 질소 등의 원소로 이루어져 있습니다. 그러나 이것은 인간을 비롯한 우주 만물의 물리적인 구성 요소이지 본질이자 정체성은 아닙니다.

세상과 인간의 본질을 탐구하는 대표적인 종교, 불교에서는 세상 우주 만물과 인간은 실체가 없는 허상인 공(空)과 무아(無我)라고 말하며 집착하지 말라고 합니다.

과연 우리의 정체성이 별들의 먼지 또는 실체가 없는 허상일까요?

결코 아닙니다. 우리의 본질이자 정체성은 진실되고 가치 있고 의미 있는 참된 하나님의 사랑입니다.

그리고 우리는 별의 먼지 또는 인연 따라 만들어지고 사라지는 우연의 산물이 아니며 행복한 삶이라는 확고한 의도로 창조된 필연의 산물입니다.

우리는 하나님의 사랑으로부터 이 세상에 왔고, 보다 나은 행복한 삶을 향하여 영원히 나아가는 진실되고 가치 있고 의미 있는 참된 실상의 존재가 우리의 본질이자 정체성입니다. 따라서 우리는 아무 두려움, 불안, 걱정 없이 오로지 감사하며 행복한 삶을 살아가면 되는 것입니다.

나 사랑하기

나의 본질은 하나님의 사랑입니다.

이것이 삶의 최고의 가치이며 나를 믿고 사랑하며 좋아해야 하는 이유인 것입니다.

나를 좋아하지 않고, 다른 사람을 좋아할 수는 없습니다. 자신을 믿지 못하고 누군가에게 피해를 받았다고 생각해서 자포자기한 삶을 산다는 것은 매우 어리석고 잘못된 행동입니다.

행복한 삶을 살기 위해서는 나다운 삶, 내가 바라는 삶을 살도록 노력해야 합니다. 나의 행복한 삶의 주인은 나이기 때문입니다.

누구도 나에게 행복한 삶을 만들어 주지 않습니다.

내가 선택하고 내가 노력하고 내가 주인이 되어 이끌어 가야 하는 삶이 나의 인생입니다.

　나를 믿으며 나를 사랑하며 행복한 삶을 살 수 있다는 확신을
가지고 올바른 계획과 실천을 통해 나날이 좋아지는 삶을 산다
면 반드시 내가 바라는 행복한 삶은 이루어질 것입니다.

　그래서 최고로 사랑받아야 할, 최고로 존경받아야 할, 최고로
행복해야 할 것이 나 자신이며 내 인생입니다.

너는 또 다른 나

먼 옛날 기독교의 예수님께서는 "이웃을 내 몸처럼 사랑하라."라고 하셨습니다.

하지만 요즈음 우리는 서로를 사랑하기보다는 서로 미워하고 싸우는 일이 다반사입니다.

사랑하는 연인 사이에서도 수많은 갈등과 미움으로 극단적인 상황이 발생하는 경우가 많고 심지어 가족 간에도 부모가 아이를, 자식이 부모를 학대하고 살해하는 일이 종종 발생합니다.

인류의 역사도 사랑보다는 온통 전쟁으로 점철되어 있습니다.

현대 사회도 서로를 경쟁 상대인 적으로 보고 약육강식 적자생존인 야수 자본주의가 지배하는 삭막함이 가득한 사회입니다.

세상은 온통 갈등과 분노로 가득 찬 전쟁터와 같습니다.

왜 서로를 진정으로 사랑하는 것이 이렇게 힘들고 어려운 것일까요?
그것은 바로 우리가 서로를 남으로 보기 때문입니다.

서로를 진실로 사랑하기 위해서는 서로를 남이 아닌 또 다른 나로 보아야 합니다. 서로를 또 다른 나로 보고, 서로를 나인 형제자매로 대하면 우리는 능히 진실로 서로를 사랑할 수 있습니다.

우리 서로가 남이 아닌 또 다른 나인 이유는 우리의 본질이 하나님의 사랑으로 같고 현상도 행복한 삶을 추구하는 인간으로 같기 때문입니다. 우리 서로는 본질과 현상이 같은 운명 공동체입니다.

우리가 다른 사람을 남이 아닌 나인 형제자매로 대하면 세상의 모든 갈등과 다툼이 사라지고 참된 인간다운 이상 사회를 이루어 나아갈 수 있을 것이라고 생각합니다.

우리는 왜 사는가

어렵고 힘든 삶에 지칠 때 가끔 내가 왜 사는지에 대한 물음이 떠오를 때가 있습니다. 우리는 무엇을 위해 왜 사는 것일까요.

사람은 대부분 먹고살기 위해 산다고 합니다.

요즈음 젊은이들은 좋은 대학 나와서 대기업에 취직해서 잘 먹고 잘사는 것이 삶의 궁극적인 이유이자 목표입니다.

미국인들은 일하기 위해서 살고 유럽인들은 살기 위해 일한다고 합니다.

또 대부분의 종교인은 죽어서 천당이나 극락에 가는 것이 삶의 이유이자 목적입니다.

우리가 태어난 이유가 단순히 먹고살기 위한 것이나 죽어서 천국이나 극락에 가기 위한 것은 아닐 것입니다.

　우리가 태어난 이유는 오로지 행복한 삶을 살기 위함이며 이세상의 본질을 오로지 우리의 행복한 삶을 위한 하나님의 사랑으로 바라보고, 매일매일 선하고 올바르고 창조적이고 건설적인 일을 하며 이루어 가는 행복한 삶이 좋아서 사는 것이 우리삶의 유일한 이유이자 목표입니다.

　즉, 우리가 사는 이유는 하나님의 사랑으로 이루어 가는 행복한 삶이 좋아서 사는 것입니다.

하나님의 뜻

우리를 향한 하나님의 궁극적인 뜻은 과연 무엇일까요?

우리는 우리에게 난관이 닥칠 때 가끔 하나님의 존재를 의심하며 하나님이 계신다면 왜 이런 난관을 보고만 계시는 것일까 생각을 하며 하나님을 원망할 때가 있습니다.

우리 삶에 존재하는 모든 사건, 사고, 자연재해 속에 과연 하나님의 뜻이 포함되어 있을까요? 아니면 하나님의 뜻과는 전혀 무관하며 그냥 재수 없어 당하는 무심한 자연 현상일 뿐일까요?

정답은 우리 삶의 순간마다 하나님께서 함께하신다는 것입니다.

따라서 우리 삶의 모든 난관에 하나님의 뜻이 함께하신다는 것입니다.

그리고 거의 모든 난관의 주원인은 우리의 잘못된 행동입니다.

우리에게 난관을 주시는 이유는 우리를 괴롭히시기 위함이 결코 아니며 우리를 바른길로 인도하시기 위함이며 우리를 한 단계 더 성장, 발전시키고 보다 나은 행복한 삶으로 인도하시기 위함입니다.

우리를 향한 하나님의 궁극적이고 유일한 뜻은 오로지 우리의 행복한 삶입니다. 이 세상의 모든 사건, 사고, 자연재해도 하나님의 뜻이며 그 속에 포함된 하나님의 궁극적인 뜻은 오로지 우리의 행복한 삶입니다.

이 세상의 본질이 오로지 우리의 행복한 삶을 위한 하나님의 사랑임을 깨달으면 아무 두려움, 불안 없이 모든 난관을 능히 잘 극복해 낼 수 있으며 범사에 감사하며 항상 행복한 삶을 살아갈 수가 있습니다.

7

세상을 사랑으로 바라보는 방법

대부분의 사람은 이 세상을 피나는 생존 경쟁을 통하여 남을 이기고 살아남아야 하는 서바이벌 게임 같은 삭막한 세상으로 느끼며 두렵고 불안한 마음으로 이 세상을 바라보고 있습니다.

도시의 모습은 온통 회색 콘크리트 건물과 검은 아스팔트로 가득하고, 거리 사람들은 즐겁게 웃는 모습은 거의 없고 대부분 무표정하거나 삶에 지친 부정적인 모습입니다.

이 세상을 바라볼 때 하나님의 사랑이라는 생각을 하고 바라보면 이 세상 만물이 하나님의 따뜻한 사랑으로 우리에게 다가오는 것을 느낄 수가 있으며 도시의 무미건조한 풍경도 한층 정겹고 포근하게 다가와 우리 마음에 잔잔한 사랑의 기쁨이 피어나는 것을 느낄 수가 있습니다.

실제로 가을 산의 아름다운 단풍이나 햇볕을 받아 반짝이는 호숫가의 은빛 물결이나 평화로운 어촌의 저녁노을이 지는 아름다운 풍경을 바라볼 때 '아! 저것이 하나님의 사랑이구나.'라는 생각을 하고 바라보면 가슴이 벅찬 감동과 환희로 휩싸여 "오! 하나님 이토록 아름다운 세상을 주셔서 감사합니다."라는 말이 절로 나오는 경험을 할 수가 있을 것입니다.

　이상과 같이 하나님의 사랑이라는 생각을 가지고 세상 만물을 바라보면 아름다운 이 세상의 참모습을 바로 볼 수가 있게 될 것이며 세상에 대한 불필요한 두려움이나 불안은 사라지고 우리의 마음에는 항상 잔잔한 사랑의 기쁨과 평화와 자유가 충만해질 것입니다.

사랑의 열매

요즘 시대는 자본주의 시장이 지배하는 적자생존의 무한 경쟁 시대입니다.

자본주의는 기본적으로 인간의 이기심을 바탕으로 한 사회 체제이기 때문에 물질 만능주의, 빈부 격차, 집단 이기주의, 노사 갈등 등 많은 사회 문제를 발생시키고 있습니다.

이러한 인간의 이기심에 의해 야기된 사회 문제를 해결하기 위하여 겸손, 배려, 용서, 양보, 화합 등 인간의 이타심을 고양하는 말이 강조되고 있습니다.

그러나 이러한 말은 아무리 강조하고 독려해도 우리의 의지만으로 실천할 수 있는 것이 아닙니다.

이러한 말은 독립적인 것이 아니라 사랑이라는 나무의 열매이며 사랑이라는 나무가 없으면 존재할 수가 없는 것입니다. 즉, 사랑하는 마음이 없으면 진정한 겸손, 배려, 용서, 양보, 화합 등의 행동은 일어날 수가 없으며 혹 일어난다고 해도 일시적이며 형식적일 뿐입니다.

사랑이 없는 겸손, 배려, 용서 등의 진정한 실천은 불가능합니다. 우리 마음에 사랑이라는 나무를 잘 키우면 겸손, 배려, 용서 등의 열매는 저절로 열립니다. 겸손, 배려, 용서 등은 따로따로 의식적으로 노력할 필요는 없고 아무리 노력해도 이룰 수가 없습니다.

인간의 이타심의 본질은 사랑하는 마음입니다. 그리고 이 사랑하는 마음을 키우는 열쇠는 이 세상의 본질이 사랑이며, 모든 사람이 남이 아닌 또 다른 나임을 깨닫는 것입니다.

이것이 우리의 인간성을 회복시키고 사회의 모든 갈등을 치유하는 본질적인 대책이 될 것입니다.

9

고통, 고난, 난관의 의미 및 극복 방법

우리 삶에는 수많은 고통, 고난, 난관이 존재합니다.

이 고통, 고난, 난관 때문에 세상의 모든 종교와 고대 철학자는 이 세상과 우리 삶의 본질을 고통으로 보고 이 고통으로부터 벗어나서 천국, 극락 같은 피안의 세계로 나아가는 것을 삶의 목표로 삼았습니다.

그러나 이는 고통, 고난, 난관의 의미와 본질을 정확히 모르기 때문에 발생하는 잘못된 현상이라고 생각합니다.

세상에는 고통의 의미와 본질을 알려 주는 좋은 말이 많이 있습니다.

그중에 대표적인 것이 "신의 선물은 고통이라는 보자기에 싸여 있다."라는 말입니다. 이 말이 고통의 의미와 본질을 잘 표현하고 있다고 생각됩니다.

신께서 우리 삶에 고통, 고난, 난관을 두신 이유는 우리가 잘 못된 길을 갈 때 바른길로 인도하시기 위함이며 고통, 고난을 통하여 한 단계 더 성장, 발전시키시기 위함입니다.

신께서 우리를 쓰러뜨리는 이유는 다시 일어나는 법을 가르치시기 위함이며 신께서 우리 손을 비우시는 의미는 우리의 마음을 채우시기 위함입니다.

우리 삶에 존재하는 고통, 고난, 난관은 결코 우리의 삶을 힘들고 괴롭게 하기 위한 악마의 저주가 아니며 우리에게 진실로 가치 있고 의미 있는 참된 행복한 삶을 주시기 위한 신의 사랑이자 축복입니다.

고통, 고난, 난관의 본질은 신의 사랑이자 극복의 기쁨입니다.
우리가 난관에 부딪혔을 때 두려움과 불안을 느끼는 것은 난관의 본질이 신의 사랑이며 극복의 기쁨임을 모르기 때문입니다.

난관을 나의 행복한 삶을 위한 신의 사랑으로 감사하게 받아들이면 어떠한 어려운 상황에서도 우리는 몸과 마음의 평안과 안정을 유지할 수 있으며 모든 난관을 반드시 능히 잘 극복해 나아갈 수 있습니다.

그리고 이 과정을 통하여 극복의 기쁨을 누릴 수 있으며 또한 우리는 한 단계 더 성장, 발전해 나아갈 수 있습니다. 수도사와 죄수는 똑같이 골방에 앉아 있지만 수도사는 그 환경을 감사와 기쁨으로 받아들이고 죄수는 두려움과 원망과 분노로 받아들입니다.

똑같은 골방이지만 받아들이는 태도에 따라 천국 같은 수도원이 될 수도 있고 지옥 같은 감옥이 될 수도 있습니다.

이처럼 우리의 삶을 결정하는 것은 우리에게 주어진 환경이 아니라 그 환경에 대처하는 우리의 태도입니다.

배가 바람의 방향대로 움직이는 것이 아니라 돛의 방향대로 움직이는 것과 같은 이치입니다.

결론적으로 어떠한 난관도 나의 행복한 삶을 위한 신의 사랑으로 감사하게 받아들이고 선하고 올바른 방법으로 대처해 나가면 반드시 능히 잘 극복해 나갈 수 있습니다.

10

오로지 감사

세상에는 절체절명의 난관을 극복하고 세상 사람들에게 감동과 희망을 주는 사람이 많이 있습니다. 두 손이 절단되어 발가락으로 그림을 그리는 구족화가, 두 다리가 마비되어 휠체어를 타고 춤을 추는 사람, 전신이 마비되어 눈동자의 움직임으로 그림을 그리는 사람, 의족 무용수 등 무수히 많습니다.

그런데 이들이 난관을 극복해 내는 방법 중에는 한 가지 공통점이 있습니다.
그것은 바로 주어진 상황을 자기 삶의 일부로 여기고 감사하게 받아들이는 것입니다. 그러면 구체적으로 어떻게 하면 이런 극한의 난관을 감사하게 받아들일 수 있을까요?

그것은 바로 이러한 난관도 나의 행복한 삶을 위한 하나님의 사랑이자 극복의 기쁨으로 감사하게 받아들이는 것입니다.

감사는 어떠한 어려운 상황에서도 우리의 몸과 마음의 평안과 안정을 유지하게 하는 위대한 힘이 있습니다. 의학적으로 감사한 마음의 상태는 뇌의 시상 하부라는 곳에서 세로토닌이란 행복 호르몬이 분비되어 몸과 마음 상태를 최적화한다고 합니다.

이 생각이 우리의 마음에 확고해지면 어떠한 상황도 감사하게 받아들일 수 있습니다. 또한 어떠한 고통, 고난, 난관도 반드시 능히 잘 극복해 나아갈 수 있습니다.

삶의 난관을 극복하고 행복한 삶을 이루는 중요한 방법은 세상만사를 오로지 나의 행복한 삶을 위한 하나님의 사랑으로 감사하게 받아들이는 것을 생활화, 습관화하는 것입니다.

세상만사 오로지 감사가 인생의 정답입니다.

내 등의 짐

내 등에 짐이 없었다면 나는 세상을 바로 살지 못했을 것입니다.

내 등의 짐 때문에 나는 늘 조심하면서 바르고 성실하게 살아왔습니다.

이제 보니 내 등의 짐은 나를 바르게 살도록 한 귀한 선물이었습니다. 내 등에 짐이 없었다면 나는 세상을 제대로 알지 못했을 것입니다.

내 등에 있는 짐의 무게로 다른 사람의 고통을 느꼈고 이를 통해 사랑과 용서도 알게 되었습니다. 이제 보니 내 등의 짐은 나에게 감사를 가르쳐 주고 많은 깨달음을 준 귀한 선물이었습니다.

내 등에 짐이 없었다면 나는 아직 미숙하게 살고 있을 것입니다. 내 등에 있는 짐의 무게가 내 삶의 무게가 되어 삶의 풍랑을 감당하게 하였습니다.

이제 보니 내 등의 짐은 나를 성숙하게 하는 귀한 선물이었습니다. 내 등에 짐이 없었다면 나는 사랑의 기쁨과 마음의 평온함을 이룰 수 있는 깨달음을 얻지 못하였을 것입니다.

내 등의 짐이 나를 사랑의 기쁨과 마음의 평화로 인도하였습니다. 이제 보니 내 등의 짐은 고통이 아니라 나에게 진리의 깨달음과 사랑의 기쁨을 전해 준 귀한 선물이자 하나님의 축복이었습니다.

물살이 센 냇물을 건널 때는 등에 짐이 있어야 물에 휩쓸리지 않고 화물차가 언덕을 오를 때는 짐을 실어야 헛바퀴가 돌지 않듯이 내 등의 짐이 나를 세상의 풍파와 불의와 안일의 물결에 휩쓸리지 않게 했으며, 삶의 여러 가지 고비를 잘 넘기고 범사에 감사하고 항상 기뻐하는 행복한 삶을 살아갈 수 있는 원동력이 되어 주었습니다.

고통은 하나님이 인간을 사랑하는 방법입니다.

난관의 의미

우리의 삶에는 수없이 많은 난관이 존재합니다.

그리고 많은 사람이 난관을 벗어나기 위하여 종교에 매달립니다.

세상의 모든 종교와 대부분의 사람은 난관이 전혀 없는 세상인 천국 또는 극락을 이상향으로 삼고 있습니다.

우리는 천국이나 극락에서는 사시사철 아름다운 꽃이 만발하고 새가 지저귀고 온종일 찬송가를 부르고 목탁을 두드리며 염불하는 모습을 상상하곤 합니다. 과연 이와 같은 삶이 진정 가치 있고 의미 있는 즐겁고 행복한 삶의 참모습일까요?

아무 노력 없이 하루 종일 마냥 놀기만 하는 삶, 즉 노력하여 이루어야 할 것이 전혀 없고 난관이 전혀 없는 삶은 아무 의미와 가치가 없는 무의미한 삶입니다. 난관이 전혀 없는 삶은 삶이 아닙니다. 난관이야말로 우리 삶에 참된 즐거움과 보람과 기쁨을 주는 삶의 필수 요소입니다.

할리우드 스타 덴젤 워싱턴은 "당신이 결코 가져 보지 못한 것을 얻으려면 결코 해 본 적 없는 일을 해야 합니다."라고 하였습니다. 그리고 "나를 죽이지 못하는 고통은 나를 더 강하게 합니다."라고 하였습니다. 난관은 성장의 발판입니다.

난관의 진정한 의미이자 본질은 고통이 아니라 극복의 기쁨이며 삶의 걸림돌이 아닌 삶의 디딤돌이며 삶의 의미와 가치를 높이고 성장, 발전시키는 행복한 삶의 원동력입니다.

그리고 난관에 결코 무너지지 않는 방법은 오로지 감사입니다.

13

절망은 없다

우리 삶에는 수많은 난관이 존재하며 난관은 우리 삶을 절망과 좌절에 빠뜨리고 있습니다. 그리고 많은 사람이 이 절망과 좌절로 인해 극단적으로 생을 마감하고 있습니다. 우리나라 자살률은 OECD 국가 중 1위이며 하루 평균 43명이 자살로 생을 마감하고 있습니다.

더 이상 희망이 없는 절망적인 상황에 부닥치게 되면 누구나 자살을 생각하게 되고, 견디다 못하면 실행에 옮기게 됩니다.

어떻게 하면 자살로 이끄는 절망을 희망으로 바꿀 수 있을까요?

자살이란 글자를 뒤집어 읽으면 살자가 됩니다. 즉, 자살로 이끄는 우리의 잘못된 생각과 마음을 바르게 뒤집으면 자살이 살자가 되는 것입니다.

우리가 절망하고 좌절하게 되는 이유는 이 어렵고 힘든 상황을 헤어날 수 없는 막다른 벽으로 잘못 생각하기 때문입니다. 우리 삶에 막다른 벽은 존재하지 않습니다. 우리 삶에 존재하는 모든 것은 오로지 우리의 행복한 삶을 위한 하나님의 사랑입니다.

상황을 막다른 벽으로 인식하면 마음은 절망에 빠지고 출구가 안 보입니다.

그러나 이 상황 또한 하나님의 사랑으로 인식하고 감사하게 받아들이면 마음에 절망이 아닌 평안과 극복하고자 하는 의욕이 샘솟게 됩니다.

세상만사 오로지 하나님의 사랑으로 감사하게 받아들이면 어떠한 어려운 상황에서도 결코 절망과 좌절에 빠지는 일은 발생하지 않습니다.

자살로 이끄는 절망을 살자로 바꾸며 희망으로 변화시키는 위대한 힘은 이 세상의 본질이 오로지 우리의 행복한 삶을 위한 하나님의 사랑임을 깊이 자각하고 세상만사 오로지 감사를 일상화하는 것입니다.

14

생로병사

세상의 모든 사람은 생로병사란 4단계를 거치면서 세상을 살아가고 있습니다.

우리는 아무리 노력해도 늙고, 죽는 것을 피할 수는 없습니다.

대부분의 사람은 늙지도, 죽지도 않고 영원히 살기를 바랍니다.

과학자들도 늙지도, 죽지도 않는 인간을 완벽한 인간이라고 생각하고 유전자 편집 및 만능 줄기세포 연구에 매진하고 있습니다.

미국에서는 죽은 사람을 영하 196도로 급속 냉동시켜 냉동고에 보관하고 2050년경 과학이 발달하면 부활시킬 계획을 하고 있습니다.

이와 같은 일들은 옛날 중국의 진시황제가 영원히 살고자 하는 욕망을 가지고 불로초를 찾아 온 세상을 헤매고 다녔던 것과 같이 매우 어리석고 잘못된 행동입니다.

조금만 깊이 생각해 보면 20살의 나이로 늙지도, 죽지도 않고 영원히 사는 것은 정말 지루하고 재미없는 공허한 삶임을 알 수가 있습니다.

하루 종일 해가 지지 않는 극지방이나 일 년 내내 여름만 있는 아프리카보다 사계절의 변화가 있고 찬란한 일출과 아름다운 석양과 낮과 밤이 있는 우리나라가 훨씬 살기 좋은 곳인 것과 같은 이치입니다.

우리 삶의 패턴인 생로병사는 우리가 안고 가야 할 나쁜 숙명이 아니라 행복한 삶의 필수 조건이며, 우리가 감사하게 받아들여야 할 하나님의 사랑이자 축복인 것입니다.

물론, 질병은 우리가 극복하고 제거해야 할 과제입니다. 질병이 완전히 극복되면 우리 삶의 패턴은 생로병사에서 생장로사로 변화, 발전할 것입니다.

그리고 태어나고, 자라고, 늙고, 죽는 변화가 있는 삶이 아무 변화 없이 영원히 사는 삶보다 훨씬 아름답고 가치 있고 행복하고 완벽한 인간다운 삶이라고 할 수 있을 것입니다.

15

인생

오늘도 우리는 조급한 마음으로
세상과의 힘든 싸움 속에 살아가네
우리의 인생은 무심한 파도 위의
정처 없는 조각배처럼 흔들리네

인생은 끊임없는 자신과의 싸움이야
인생은 주어진 운명과 열정의 땀방울이
어우러진 자신과의 싸움이야

오늘의 내 모습은 지난 삶의 결과이지
인생은 반드시 뿌린 대로 거둔다네

인생은 지름길 없는 자신과의 싸움이야

욕심내지 말고 감사하며 천천히 이루어 가세나

인생은(세월은) 흘러가는 것이 아니라 쌓여 가는 거라네
우리는 늙어 가는 것이 아니라 익어 가는 거라네

감사와 사랑의 향기가 가득한 참된 인생.

16

깨달음과 무명의 차이

종교인이든 비종교인이든 우리는 각자 나름대로 삶의 깨달음에 따라 이 세상을 살아가고 있습니다.

종교 중에서 특히 불교가 깨달음의 종교로 알려져 있습니다. 이 깨달음이 과연 무엇이기에 많은 수행자가 전생을 바쳐 이 깨달음을 얻고자 하는 것일까요?

불교에서는 깨닫지 못한 마음의 상태를 무명(無明)이라고 표현합니다.

이 표현에 따르면 깨달음의 상태를 명(明)으로 표현할 수 있습니다. 바로 깨달음은 밝음이고 무명은 어둠입니다. 또 성경에 "진리가 너희를 자유케 하리라."라는 말씀이 있습니다.

즉, 진리의 깨달음이 우리의 눈을 밝혀 주고 무명의 어둠이 주는 두려움, 불안, 걱정으로부터 우리를 자유롭게 할 것입니다. 우리는 깨달음을 통해 열린 마음으로 새로움을 탐구하고 기존의 경직된 마음이 사라지고 사물을 바라보며 접근하는 방식이 새로워지며 물질에 대한 집착이 줄어들고 평온하고 관용적인 마음, 감사함, 사랑, 생명에 대한 경이로움으로 마음이 확장될 것입니다.

한편 무명은 기존의 굳게 믿고 있는 자기만의 생각과 내용을 고집하여 새로운 것을 거부하는 닫힌 마음으로 사물과 현상의 이치를 정확히 모르는 무지하고 어리석은 상태로 마음은 불안하고 괴롭고 부자유할 것입니다.

'유토피아'라는 말의 사전 의미는 'No Where'입니다. 이 세상 어디에도 존재하지 않는 곳이라는 뜻이지요. 그런데 'No Where'에서 W를 No 뒤로 옮기면 'Now Here'가 됩니다. 지금 바로 여기라는 뜻이 됩니다. 이처럼 생각 한 조각만 바꾸면 지금 바로 여기가 유토피아가 되는 것입니다.

깨달음과 무명의 차이는 생각 한 조각의 차이지만, 그 결과는 하늘과 땅 차이만큼 엄청납니다.

세상 모든 사람을 남으로 보는 것과 또 다른 나로 보는 것의 차이 그리고 이 세상의 본질을 사랑으로 보는 것과 고통으로 보는 것의 차이도 하늘과 땅 차이일 것입니다.

깨달음은 행복의 근원인 평안과 자유이고, 무명은 불행의 근원인 불안과 괴로움과 부자유입니다.

죽음의 의미

모든 사람은 반드시 죽습니다.

우리 삶에서 가장 큰 두려움과 슬픔을 주는 것이 바로 죽음입니다.

대부분의 사람이 죽음은 모든 것의 의미가 사라지고 모든 것이 끝난다고 생각합니다.

고대 철학자 소크라테스는 죽음이 삶의 끝인가 아니면 새로운 삶의 시작인가 생각하다가 최종적으로 죽음은 축복이라고 결론을 내립니다.

그리고 중세 철학자 쿠자누스는 죽음은 다른 존재 방식으로의 이전이라고 정의합니다.

한편 중국 철학자 장자는 죽음은 힘든 삶으로부터의 쉼이라고 생각했습니다.

실제로 많은 사람이 삶의 고통으로부터 벗어나기 위하여 극단적인 선택을 하여 죽음을 맞이합니다.

그리고 또 사람들은 막연하게 죽지 않고 영원히 살면 얼마나 좋을까 생각합니다. 현대 의학도 줄기세포와 유전자 조작 등을 통하여 영원한 삶을 위한 연구를 하고 있습니다. 그러나 늙지 않고 죽지 않고 영원히 사는 것은 삶을 공허하고 지루하게 하여 삶의 의미를 퇴색시킵니다.

우리 몸을 이루고 있는 세포는 매 순간 죽고 새로 태어남을 반복하며 7년 만에 완전히 새로운 몸으로 교체된다고 합니다.

철학자 하이데거와 함석헌 선생님은 "죽음은 동시에 삶이다. 또는 생사는 일여(一如)다."라고 하였습니다. 죽음은 삶의 반대가 아니라 매 순간 삶과 함께하고 있습니다.

죽음은 모든 것의 끝인 막다른 벽이 아니라 새로운 삶으로 이전하는 문입니다.

죽음은 마침표가 아니라 쉼표이며, 극복의 대상이 아니라 감사하게 받아들여야 할 축복입니다.

하루의 시작을 여는 떠오르는 일출도 아름답지만, 하루를 마무리하는 저녁노을도 얼마나 평안하고 아름답습니까?

한 생을 마무리하는 죽음도 새로운 삶을 위한 신의 축복으로 감사하게 받아들이면 아무 두려움 없이 저녁노을처럼 아름답고 평안하게 삶의 마무리를 잘할 수 있을 것입니다.

질병의 근본 원인 및 치유 방법

우리 삶에 고통을 주는 대표적인 것이 질병입니다.

그 종류도 무려 3만여 가지나 되어 모두 대처하는 것이 거의 불가능합니다. 사망 원인도 사고사 이외는 거의 질병으로 고통을 받다 사망합니다. 이 때문에 우리는 삶의 본질을 고통이라고 생각하기도 합니다.

그리고 환경 오염, 바이러스, 과음, 과식, 흡연, 스트레스 등이 질병 발생의 주요 원인으로 알려져 있으며 병원 의사 처방에 의한 약물 복용과 수술이 주된 치료 방법입니다.

그러나 이와 같은 방법으로 질병을 근원적이고 완전하게 치유하는 것은 거의 불가능합니다. 그 이유는 질병 발생의 근본 원인이 환경 오염이나 바이러스 같은 외부 환경이 아니라 우리의 잘못된 마음이기 때문입니다.

미워하고 성내는 잘못된 마음이 우리 몸 안의 호르몬 분비의 불균형을 가져오고 면역력을 저하시켜 우리는 질병에 걸리게 되는 것입니다. 몸은 마음의 거울입니다. 마음이 불편해지면 몸도 불편해집니다. 우리의 마음에서 미움과 분노를 사랑으로 녹여 내면 우리의 몸에서도 질병은 눈 녹듯이 사라져 갈 것입니다.

이것이 질병을 근원적이고 완전하게 치유하는 올바른 방법입니다. 또한 9988234, 즉 99세까지 팔팔하게 살다가 2~3일 누워서 가족들과 석별의 정을 나누고 편안히 죽음을 맞이할 수 있게 되는 것입니다.

질병을 비롯한 우리 삶의 모든 문제는 대부분 잘못된 마음이 그 원인입니다.

잘못된 마음은 잘못된 생각이 원인이고 잘못된 생각의 대표적인 것이 다른 사람을 남으로 보고, 우리 삶의 본질을 고통으로 바라보는 것입니다.

다른 사람을 '또 다른 나'로 보고, 삶과 세상의 본질을 '하나님의 사랑'으로 올바르게 인식하는 것이 삶의 모든 문제와 질병을 근원적이고 완전하게 치유하는 방법입니다.

삶에 수행이 필요한 이유

인류 역사에는 수많은 성현(석가, 예수, 공자, 맹자, 소크라테스 등)의 보석 같은 지혜와 명언이 많이 있는데 왜 오늘날 사람들의 인성은 큰 변화와 발전이 없고 삶도 그다지 행복하지 않을까요?

그것은 우리의 앎(지식)과 실제 행동이 일치하지 않기 때문입니다. 즉, 앎이 바로 선(善)으로 연결되는 것은 아니기 때문입니다. 머리로 아는 지식이 곧바로 마음과 행동을 변화시키는 것은 아닙니다.

불교엔 개오(開悟)와 각오(覺悟)라는 두 종류의 깨달음이 있습니다. 개오는 이치를 깨닫는 것이고 각오는 아는 것을 실천하는 것입니다. 개오는 다른 사람으로부터 쉽게 습득이 가능하지만 각오는 오로지 자신의 의지와 노력으로만 이룰 수 있습니다.

우리는 술과 담배가 몸에 나쁘다는 것을 지식적으로는 알지만 쉽게 끊지 못합니다. 또 사랑이 우리 삶과 이 세상을 아름답게 한다는 것을 알지만 실천하기는 매우 어렵습니다.

우리의 앎과 행동을 일치시키기 위해서는 부단한 노력, 즉 수행이 필요합니다. 이것이 스님, 신부, 수녀님들이 평생 불교 경전과 성경을 독송하며 독신으로 수행에 전념하는 이유입니다. 아무리 훌륭하고 좋은 깨달음도 실천과 수행이 없으면 온전한 효과를 나타내지 못하는 공염불이 되고 맙니다.

'너는 또 다른 나'와 '이 세상의 본질은 오로지 나의 행복한 삶을 위한 하나님의 사랑이다'와 같은 깨달음도 일상의 끊임없는 실천이 뒤따라야만 우리의 마음과 행동을 변화, 발전시킬 수 있습니다. '너는 또 다른 나'의 수행 방법은 다른 사람을 볼 때마다 나인 형제자매라는 것을 떠올리며 대하는 것을 생활화하는 것입니다. 특히 대중 앞에 나설 때 이처럼 생각하면 전혀 떨림 없이 편안한 마음으로 임할 수 있습니다.

그리고 주변 풍경을 바라볼 때 하나님의 사랑이라는 것을 떠올리며 바라보고, 특히 어려운 일이 생길 때 이것도 하나님의 사랑이라는 생각을 떠올리면 마음의 평정을 유지할 수 있으며 현명한 대처가 가능합니다.

이처럼 매일매일 실천하다 보면 우리의 앎과 행동이 점점 일치되어 가고 비로소 우리의 인성도 변화, 발전되어 우리의 마음에는 항상 평안과 자유가 충만하여 행복하고 참다운 삶을 살아갈 수가 있게 될 것입니다.

20

깨달음

세상의 많은 사람과 종교 수행자가 삶의 고통을 제거하고 행복한 삶을 이루기 위한 깨달음을 얻기 위해 고군분투하고 있습니다.

대표적인 깨달음의 종교가 불교입니다.

불교 창시자인 고타마 싯다르타의 대표적인 깨달음은 공, 무아, 무상, 육도 윤회, 연기, 해탈, 열반 등이 있습니다. 일반적으로 이러한 말이 주는 느낌은 인생무상, 삶의 회의, 삶의 덧없음입니다. 또 깨달음을 얻기 위해서는 집착을 내려놓아야 한다고 이야기합니다. 그러나 깨달음을 얻으려고 하는 것 자체가 바로 집착입니다.

뇌 과학자들은 명상이나 기도, 수행 등에 몰입할 때 에고가 사라지고 영적인 초월의 일체감을 느끼는 상태가 되는데 이것이 깨달음의 상태라고 이야기하며 이것은 개인적인 신비 체험으로 글이나 말로는 표현이 불가능하다고 말합니다. 소위 환청, 환시라고 하는 것입니다.

진리의 깨달음은 우리 삶의 고통을 최소화하며 마음을 평안하고 자유롭게 하여 우리를 행복한 삶으로 인도합니다. 불교의 깨달음이나 환청, 환시는 참되고 행복한 삶과는 거리가 멉니다.

우리 삶을 진정하고 행복한 삶으로 인도하는 진리의 깨달음은 다음과 같습니다.

- 이 세상과 삶의 본질은 고통이 아니라 하나님의 사랑이다.

- 이 세상과 우리는 어쩌다 막 생긴 우연의 산물이 아니라 하나님에 의해 창조된 필연의 산물이다.

- 우리 서로는 남이 아니라 '또 다른 나'이다.

- 난관의 본질은 삶의 걸림돌이 아니라 성장, 발전의 디딤돌이며 감사하게 받아들이고 선하고 올바른 방법으로 대처해 나가면 반드시 능히 잘 극복해 나아갈 수 있다.

- 세상의 본질은 우리의 행복한 삶을 위한 하나님의 사랑이므로 불안, 두려움, 걱정 없이 오로지 감사하며 행복한 삶을 살아가면 된다.

- 세상만사 오로지 감사가 행복한 삶의 비결이다.

- "왜 사는가?"라는 물음에는 "그냥 산다."라는 말이 아니라 "행복한 삶이 좋아서 산다."라는 말이 정답이다.

- 죽음은 막다른 절망의 벽이 아니라 새로운 삶을 향한 희망의 문이다.

이상의 내용이 우리의 몸과 마음을 평안하고 자유롭게 하며 행복한 삶으로 인도하는 참된 진리의 깨달음입니다.

마음의 성인

사람의 육체는 세월이 가면 나약해지고 여린 어린아이에서 저절로 강하고 건장한 성인으로 변화하여 성숙해집니다. 육체의 성인이 되는 데는 먹는 것 이외는 별다른 노력이 필요하지 않습니다.

그러나 마음은 세월을 따라 저절로 성장하지 않습니다.
삶의 태도에 따른 사람들의 성숙도를 살펴보면 다음과 같습니다.

1) 초등학생: 자기 자신만을 위하는 사람

2) 중학생: 자기와 가족만을 위하는 사람

3) 고등학생: 가족을 넘어 이웃을 위하는 사람

4) 대학생: 이웃을 넘어 민족을 위하는 사람

5) 대학원생: 민족을 넘어 인류를 위하는 사람

6) 박사: 인류와 우주 만물을 위하는 사람

이처럼 마음은 진리의 깨달음을 추구하는 노력과 깨달음을 삶에서 실천하는 노력을 하지 않으면 초등학생 수준에서 더 이상 성장, 성숙하지 않습니다. 이 세상살이가 삭막하고 힘든 이유는 대다수 사람의 마음 수준이 초등학생, 중학생에 머무르고 있어 수많은 갈등과 대립을 일으키기 때문입니다.

우리 서로는 서로 경쟁하며 살아야 하는 남이 아니라 서로 협동하며 상생해야 하는 또 다른 나임을 깨닫고 매일매일 삶에서 실천하는 것이 진정한 마음의 성인으로 나아가는 올바른 방법이 될 것입니다.

운명

너는 또 다른 나라는

진리의 깨달음이 믿음이 되고

믿음이 생각이 되고

생각이 말이 되고

말이 행동이 되고

행동이 습관이 되고

습관이 가치가 되고

가치가 운명이 된다.

23

종교와 과학

종교와 과학은 둘 다 우리 삶에 지대한 영향을 미치는 중요한 요소입니다.

그러나 종교와 과학의 목표는 인류의 행복한 삶을 추구하는 것으로 같지만 그 내용은 대체로 정반대입니다. 종교의 내용은 대체로 비과학적이고 과학은 대체로 비종교적입니다.

대표적인 내용으로 종교는 유신론, 창조론을 주장하고 과학은 무신론, 유물론, 진화론을 주장하며 서로 대립적인 태도를 보입니다.

구체적으로 최초 인류의 탄생은 성경에는 약 6천 년 전에 창조된 것으로 되어 있고 과학적으로는 최초의 인류인 호모 사피엔스가 25만 년 전에 아프리카에서 처음 출현한 것으로 알려져 있습니다.

종교는 명백한 과학적 사실을 부정하고, 또 과학은 신의 존재를 부정하고 눈에 보이는 물질에만 집착합니다. 이렇게 되어서는 종교나 과학의 온전한 발전을 기대하기 어렵습니다. 우리 인간은 과학의 영역인 눈에 보이는 육체와 종교의 영역인 눈에 보이지 않는 영혼으로 이루어져 있습니다.

아인슈타인은 "종교가 없는 과학은 절름발이이고, 과학이 없는 종교는 장님이다."라고 하였습니다.

모든 과학적인 사실(진화론 등)은 신과 무관한 우연한 자연 발생적 자연 현상이 아니라 신의 필연적 창조 원리입니다.

종교의 대표적 문제점인 비과학적이고 신화적인 창조론과 종말론, 구원론 등의 허구성을 제거하고 과학은 유물론적 생각을 초월한 영성적인 부분을 함께 탐구하여 종교와 과학이 서로 보완하며 함께 나아가야 인류의 더욱 나은 행복한 삶을 이루는 온전하고 유용한 도구가 될 수 있을 것이라고 생각합니다.

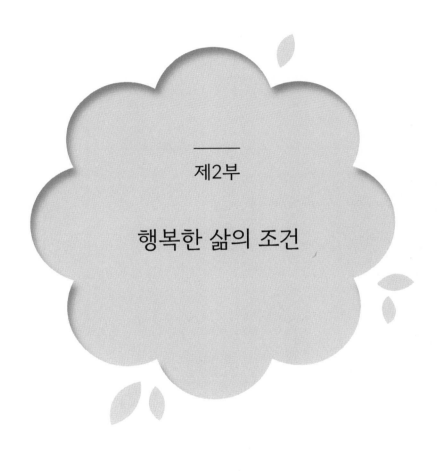

제2부

행복한 삶의 조건

1

사랑을 머리에서 가슴으로 내리는 방법

故 김수환 추기경께서는 평생 이웃 사랑을 몸과 마음으로 실천하신 분입니다.

그리고 생의 마지막 순간에도 "사랑하세요."라는 말씀을 남기셨습니다.

그런데 그분께서는 "나의 사랑이 머리에서 가슴으로 내려오는 데 60년이란 시간이 걸렸다."라고 하셨습니다.

대부분의 보통 사람이 하는 사랑은 머리로 하는 사랑으로 자기 마음에 드는 사람, 자기에게 이로운 사람만 사랑하는 이기적이고 계산적인 사랑을 합니다.

반면에 가슴으로 하는 사랑은 상대방에게 아무것도 바라지 않고 아낌없이 베푸는 진정한 사랑이라고 할 수 있겠습니다.

그러면 어떻게 하면 우리의 사랑을 가장 빠르고 효과적으로 머리에서 가슴으로 내려오게 할 수 있을까요?

그것은 바로 다른 사람을 남이 아닌 또 다른 나로 보고 나인 형제자매로 대하는 것입니다.

이렇게 하면 사랑이 머리에서 가슴으로 바로 내려옵니다. 그리고 가슴으로 내려온 사랑은 바로 행동으로 이어져 세상을 따뜻하게 변화시키는 원동력이 될 것입니다.

이것이 바로 우리 모두가 바라는 인성의 혁신 및 세상의 혁신을 이루어 인간다운 이상 세계를 건설하는 방법이 될 것입니다.

천사의 선물

한 소녀가 산길을 걷다가 나비 한 마리가 거미줄에 걸려 버둥대는 것을 발견했습니다. 소녀는 가시덤불을 제치고 들어가 거미줄에 걸려 있는 나비를 구해 주었습니다. 나비는 춤을 추듯 훨훨 날아갔지만 소녀의 팔과 다리는 가시에 찔려 붉은 피가 흘러내렸습니다.

그때 멀리 날아간 줄 알았던 나비가 돌아와 순식간에 천사로 변하더니 소녀에게 다가왔습니다. 천사는 구해 준 은혜에 감사하다면서 무슨 소원이든 한 가지를 들어주겠다고 했습니다. 소녀는 이렇게 말했습니다. "이 세상에서 제일 행복한 사람이 되게 해 주세요." 그러자 천사는 소녀의 귀에 무슨 말인가 소곤거리고는 사라져 버렸습니다.

소녀는 자라서 어른이 되고 결혼해서 엄마가 되고 할머니가 될 때까지 늘 행복하게 살았습니다. 그녀의 곁에는 언제나 좋은 사람들이 있었고 행복하게 살아가는 그녀를 사람들은 부러운 눈빛으로 바라보았습니다. 세월이 흘러 예쁜 소녀는 백발의 할머니가 되어 임종을 눈앞에 두게 되었습니다.

사람들은 입을 모아 할머니가 죽기 전에 평생 행복하게 살 수 있었던 비결이 무엇인지를 물었습니다. 할머니는 웃으면서 다음과 같이 대답했습니다.

"내가 소녀였을 때 나비 천사를 구해 준 적이 있었지. 그 대가로 천사는 나를 평생 행복한 사람이 되게 해 주었어. 그때 천사가 내게 다가오더니 내 귀에 이렇게 속삭이는 거야.

'구해 줘서 고마워요. 소원을 들어드릴게요. 무슨 일을 당하든지 감사하다고 말하세요. 그러면 평생 행복하게 될 거예요.' 그리고 그때부터 무슨 일이든지 감사하다고 중얼거렸더니 정말 평생 행복했던 거야. 사실은 천사가 내 소원을 들어준 게 아니야. 누구든지 주어진 일에 만족할 줄 알고 매사에 감사하면 하늘에서 우리에게 행복을 주시지."

이 말을 끝으로 눈을 감은 할머니의 얼굴에는 말할 수 없는 평온함이 가득했습니다. 이 세상의 본질이 오로지 우리의 행복한 삶을 위한 하나님의 사랑임을 깨달으면 세상만사에 감사하며 행복한 삶을 살아갈 수가 있습니다.

행복한 삶의 조건

인간을 제외한 모든 생물의 생존 목적은 오로지 번식하여 후세에 더욱 많은 자기 유전자를 남기는 것입니다.

우리 인간도 자기 후손을 남기려는 종족 유지 본능이 있지만 삶의 목적으로 인식하지는 않습니다. 우리 인간은 가치 있고 의미 있는 행복한 삶을 추구합니다. 대부분의 사람은 행복한 삶을 위하여 돈, 권력, 명예 등을 얻기 위해 전력투구하지만 이것 모두를 얻거나 얻지 못하거나 종국에는 이것들이 진정한 삶의 행복 조건이 아님을 깨닫고 삶의 허망함을 느끼게 됩니다.

그렇다면 진정한 삶의 행복 조건은 과연 무엇일까요?
첫 번째는 이 세상의 본질 및 존재 의미와 나의 존재 의미를 확실히 알고 나는 어디서 와서 어디로 가는 것인가에 대한 정확한 인식이 필요합니다.

여기에 대한 해답은 나의 행복한 삶을 위한 진실되고 가치 있고 의미 있는 하나님의 사랑이 이 세상의 본질이자 존재 의미이며 또 나는 이 하나님의 사랑으로부터 와서 더욱 나은 행복한 삶을 향하여 영원히 나아간다는 나의 존재 의미와 내 삶의 여정에 대한 인식을 확고히 하는 것입니다.

두 번째는 삶의 모든 갈등과 대립의 원인인 다른 사람을 경쟁 상대인 남으로 바라보는 잘못된 인식을 바로잡는 것입니다.

여기에 대한 해답은 우리 서로는 남이 아니라 본질이 하나님의 사랑으로 같고 현상도 행복한 삶을 추구하는 인간으로 같아 우리 서로는 본질과 현상이 같은 또 다른 나임을 자각하여 서로 사랑하며 더불어 살아가야 하는 나인 형제자매임을 자각하는 것입니다.

세 번째는 우리 삶에 존재하는 수많은 난관에 대한 올바른 인식이 필요합니다.
우리 대부분은 이 난관 때문에 이 세상과 삶의 본질을 고통으로 인식합니다.

그리고 이 난관에 대한 잘못된 인식과 올바르지 못한 대처 때문에 불행한 삶을 살아가고 있습니다.

여기에 대한 해답은 난관의 본질이 고통이나 삶의 걸림돌이 아니라 이 또한 우리의 행복한 삶을 위한 하나님의 사랑이며 우리의 삶을 한 단계 성장, 발전시키는 삶의 디딤돌임을 바르게 인식하고 삶의 모든 난관을 오로지 나의 행복한 삶을 위한 하나님의 사랑으로 감사하게 받아들이고 선하고 올바른 방법으로 대처해 나가면 모든 난관을 반드시 능히 잘 극복해 나아갈 수 있다는 확신을 갖는 것이 매우 중요합니다.

네 번째는 삶의 가장 큰 두려움인 죽음이 삶의 종말인 마지막 끝이 아니라 새로운 삶의 시작임을 올바로 자각하여 죽음에 대한 잘못된 두려움을 제거하는 것입니다.

이상의 네 가지를 매일매일 끊임없이 일상에서 실천하여 몸과 마음에 체화해 나가면 우리 삶의 목표인 평안하고 자유롭고 의미 있고 가치 있는 행복한 삶을 이루어 나갈 수 있습니다.

4

긍정의 힘

　요즈음 삶의 환경이 더욱 어려워짐에 따라 험난한 세상 풍파를 헤쳐 나가는 방편으로 긍정의 힘이라는 말이 많이 회자되고 있습니다.

　삶의 모든 상황을 긍정적으로 보는 마음가짐은 매우 중요하고, 특히 난관 극복에는 매우 큰 효과가 있는 것이 과학적인 사실입니다.

　아름다운 음악은 식물과 동물의 성장에도 지대한 영향을 미칩니다. 심지어 무생물인 물에 "사랑한다."라고 말을 하면 물의 분자 구조가 생명력 넘치는 육각수가 되고, "밉다. 죽일 거야."라고 말을 하면 물 분자 구조가 파괴되는 실험 결과가 나왔다고 합니다.

몸 구성 성분의 70%가 물인 우리 인간에게 긍정적인 마음이 얼마나 중요한지를 새삼 느끼게 해 주는 실험 결과입니다.

그런데 심리학자의 연구에 의하면 우리 인간은 하루에 62,000번의 생각을 하는데 그중 80%가 부정적인 생각이라고 합니다. 이 부정적인 생각이 몸과 마음을 병들게 하고 삶을 힘들고 불행하게 만듭니다.

올림픽 금메달리스트와 은메달리스트의 차이는 실력의 차이가 아니라 할 수 있다는 확신과 신념의 차이라고 합니다. 할 수 있다는 믿음과 긍정의 힘이 평범함을 위대함으로 만들어 줍니다.

장애인 인권 운동가 헬렌 켈러는 "절대로 고개를 떨구지 마라. 그리고 고개를 치켜들고 세상을 똑바로 바라보라."라고 하였습니다.

실제로 생각의 틀을 바꾸고 시야를 넓히는 이미지 트레이닝 등의 긍정적인 사고와 기대 심리가 유전자 DNA를 변화시켜 질병을 치료하는 현실적인 성과를 만들어 내는 일이 양자 물리학에 의해 과학적으로 밝혀지고 있습니다.

생각이 현실을 만든다는 것이 양자 물리학의 논리입니다.

긍정적인 생각과 마음을 키울 수 있는 최고, 최선의 방법은 이 세상 우주 만물과 삶의 모든 상황이 나의 행복한 삶을 위한 하나님의 사랑임을 자각하고 세상만사를 오로지 감사하게 받아들이는 것입니다.

오로지 감사가 우리의 생각과 마음을 온전하고 확실하고 긍정적으로 만들 것입니다.

자유로운 삶

　우리는 누구나 아무것에도 속박을 당하지 않는 자유로운 삶을 추구하며 이를 위하여 우리는 더욱 높은 지위와 더 많은 부의 축적을 목표로 무한 경쟁을 하며 살아갑니다. 그러나 아무리 지위가 높아지고 수없이 많은 부를 축적해도 우리의 삶은 여전히 두려움, 불안, 걱정, 근심에서 자유롭지 않고 많은 사람이 이 문제의 해결을 위하여 종교에 의지합니다.

　기독교에서는 예수님만이 우리에게 참자유를 줄 수 있다고 이야기하며, 예수님을 믿으면 우리의 모든 죄가 사라지고 구원과 영생을 얻게 되며, 예수님이 우리의 모든 죄를 짊어지고 십자가에서 돌아가셨기 때문에 우리는 죄로부터 자유로워졌다고 합니다. 그러나 실상은 전혀 그렇지 않습니다.
　사람들은 여전히 두려움, 불안, 걱정, 근심에 사로잡힌 자유롭지 못한 삶을 살아가고 있습니다.

예수님은 우리의 모든 죄를 짊어진 것이 아니라 죄에서 벗어나는 방법을 알려 준 것뿐입니다. 방법만 알고 실천하지 않으면 우리의 삶은 변화할 수 없습니다. 예수님 가르침의 핵심 내용은 "이웃을 내 몸처럼 사랑하고 범사에 감사하고 항상 기뻐하며 살아라."라는 것입니다.

그러나 기독교 역사 2천 년 동안 이 말씀은 거의 실천되지 못하고 있습니다.
사랑, 감사, 기쁨 등은 누가 하란다고 할 수 있는 것이 아닙니다.
이 말씀을 실천하기 위해서는 구체적인 실천 방법, 즉 진리의 깨달음이 필요합니다. 그러나 아쉽게도 성경에는 이러한 구체적인 실천 방법이 없습니다.

이것이 이 말씀을 제대로 실천하는 기독교인이 거의 없는 이유입니다. 이 말씀을 실천할 수 있는 진리의 깨달음은 모든 사람이 남이 아닌 또 다른 나이며 이 세상의 본질이 사탄이 지배하는 악이나 고통이 아니라 우리의 행복한 삶을 위한 하나님의 사랑임을 깨닫는 것입니다.

 이 깨달음을 매일 묵상하고 삶에서 실천하면 세상에 대한 모
든 두려움, 불안, 걱정, 근심, 미움, 원망, 시기, 질투, 분노가 사
라지고 이웃을 내 몸처럼 사랑하며 범사에 감사하고 항상 기뻐
하는 대자유인의 삶을 살아갈 수가 있습니다.

행복한 삶

우리는 보통 성공적이고 행복한 삶의 조건을 돈, 권력, 명예, 건강 등에서 찾습니다. 그리고 대부분의 사람이 이것을 삶의 목표로 삼고 전력투구를 하고 있습니다. 그러나 이와 같은 조건은 우리의 삶을 다소 편리하게 할 수는 있으나 행복한 삶의 진정한 조건이 되지는 못합니다.

실제로 이 세상에는 위의 네 가지 조건을 풍족히 다 가지고서도 불행한 삶을 살아가는 사람이 많이 있습니다.
그리고 위의 네 가지 조건이 하나도 없는 열악한 환경 속에서도 인간 승리의 행복한 삶을 살아가는 위대한 사람도 많이 있습니다.

행복한 삶의 조건은 이 세상에 존재하는 모든 것을 사랑하는 마음과 감사하는 마음을 가지고 선하고 올바르고 창조적이고 건설적인 일을 하고자 하는 의지만 있으면 어떠한 삶의 환경에서도 우리 삶의 목적인 인간답고 즐겁고 행복한 삶이 가능하리라 생각합니다.

일은 우리의 행복한 삶에 있어서 매우 중요한 요소입니다. 일이 없는 삶은 보람과 만족과 기쁨이 없는 무의미한 삶입니다.

그런데 우리 대부분은 일에서 많은 고통과 스트레스를 받습니다.

이것은 자기 일에 대한 사랑과 감사가 부족하기 때문입니다. 자기 일을 사랑과 감사로 받아들이면 스트레스 없이 능동적이고 효율적으로 일을 잘 처리해 낼 수 있습니다.

우리는 마음에 사랑과 감사를 가득 담고 무언가를 할 때 우리가 가지고 있는 능력을 최대한 잘 발휘할 수 있으며 일에서 고통과 스트레스를 거의 받지 않게 될 것이며 일에 대한 즐거움, 보람, 성취감, 만족감, 기쁨을 극대화하며 행복감을 느끼게 될 것입니다.

따라서 나에게 주어진 삶의 모든 환경을 오로지 나의 행복한 삶을 위한 하나님의 사랑과 감사와 기쁨으로 받아들이고 주어진 환경 속에서 창조적이고 건설적인 일을 할 때 우리는 어떠한 삶의 환경 속에서도 행복한 삶을 살아갈 수 있을 것입니다.

뇌파

우리의 뇌는 대뇌 피질의 신경 세포군에서 발생하는 뇌 전기 활동으로 뇌파가 발생합니다.

1) 알파파(8~13헤르츠, 8~14사이클/초)

명상 같은 편안한 상태에서 나타나며 의식이 높은 상태에서 몸과 마음이 최상의 조화를 이루고 있는 매우 안정된 상태에서 나타난다. 스트레스 해소 및 집중력 향상에 도움이 된다.

2) 베타파(14~40헤르츠, 14~30사이클/초)

긴장, 흥분 상태 시 나타나며 이 상태가 계속해서 지속되면 뇌는 혼돈에 이르게 되고 초조해지며 스트레스에 취약해진다. 따라서 바람직한 상태로 뇌를 유지하고 뇌의 활동을 활발하게 하기 위해서는 저뇌파 상태를 유지해야 한다.

3) 세타파(4~8헤르츠, 4~8사이클/초)

꾸벅꾸벅 졸거나 얕은 수면 상태에서 나타난다.

4) 델타파(0~4헤르츠, 0.5~4사이클/초)

깊은 수면 상태에서 나타난다.

여기에서 우리의 관심사는 '평상시에 어떻게 알파파를 유지할 것인가?'인데 알파파를 유지하는 방법으로는 즐거운 음악 듣기, 운동, 명상, 좋은 메시지(올바른 생각) 등이 있습니다.

알파파를 유지할 수 있는 올바른 생각(진리의 깨달음)은 다음과 같습니다.

 - 이 세상의 본질은 오로지 우리의 행복한 삶을 위한 하나님
   의 사랑이다.
 - 모든 사람은 남이 아니라 또 다른 나이다.
 - 나는 하나님의 사랑으로 이루어 가는 행복한 삶이 좋아서
   산다.
 - 세상만사 오로지 감사가 인생의 정답이다.

이상의 생각을 가지면 우리의 마음은 항상 평화롭고 자유롭고 잔잔한 사랑의 기쁨과 감사가 충만한 최상의 알파파 상태를 유지하며 행복한 삶을 살아갈 수가 있습니다.

8

걱정하지 마세요

우리 삶에는 수많은 걱정, 근심이 있습니다.

세상에 걱정 없이 사는 사람은 아무도 없습니다.

대부분의 사람이 돈과 질병에 의한 걱정을 안고 살아갑니다.

이 걱정, 근심이 문제 해결을 더욱 어렵고 힘들게 하며 고통을 가중하지만 이것을 떨쳐 내기가 쉽지 않습니다.

문제가 생길 때 걱정, 근심이 생기고 또 떨쳐 내기 어려운 이유는 그 문제 상황을 내 삶에 불필요한 나쁜 것으로 생각하고 불안하게 받아들이기 때문입니다.

티베트 불교의 법왕인 달라이 라마는 해결할 방법이 있으면 걱정할 필요가 없고, 해결할 방법이 없으면 걱정해도 아무 소용이 없다고 이야기합니다. 그리고 기독교에서는 걱정, 근심을 예수님께 다 내려놓으라고 합니다.

걱정, 근심이 문제 해결에 아무 도움이 안 된다는 것은 우리 모두 잘 알고 있습니다. 그러나 걱정하지 않고 또 예수님께 다 내려놓는다고 해서 우리 마음에 걱정, 근심이 사라지는 것은 결코 아니며 문제가 해결되는 것도 물론 아닙니다. 이렇게 되면 문제 해결도 어렵고 근심도 점점 깊어져 이 근심이 우리의 뼈를 마르게 할 것입니다.

몸에 좋은 약은 입에 쓰기 마련이고 무쇠는 수많은 다듬질을 통하여 명검으로 탄생합니다. 마찬가지로 우리 삶의 걱정, 근심거리도 우리에게 불필요하고 나쁜 해악거리가 아니라 우리를 한 단계 더 성장 발전시키는 다듬질이며 몸에 좋은 보약인 것입니다.

우리 삶에 존재하는 모든 것 특히 걱정, 근심거리는 오로지 우리의 행복한 삶을 위한 하나님의 사랑입니다.

따라서 일상에서 어렵고 힘든 일이 생길 때 걱정, 근심을 떨쳐 버리기 위해서는 이 또한 나에게 유익하고 좋은 것이라고 생각하고 감사하게 받아들이는 연습과 훈련이 필요합니다.

걱정, 근심을 제거하는 최선의 방법은 세상만사를 다 하나님의 사랑이라 생각하고 감사하게 받아들이는 것입니다.

　매일매일 훈련으로 이 생각이 확고해지면 우리 삶에서 걱정, 근심은 멀리 사라지고 어떠한 상황에서도 우리 마음은 항상 평온한 상태를 유지할 수 있으며 모든 걱정, 근심거리를 효과적으로 잘 해결해 나갈 수 있을 것입니다.

9

참부자

    사람들은 행복한 삶의 첫 번째 조건으로 물질적인 부를 꼽으며 저마다 부자가 되기 위하여 부동산 투기, 주식 투자 등을 하며 재물을 모으기에 혈안이 되어 부정부패를 저지르기도 하며 사회의 많은 문제를 야기하고 있습니다.

    그러나 연구 결과에 의하면 소득이 증가해도 행복 지수는 거의 변화가 일어나지 않는 것으로 나타나고 있으며, 실례로 최빈국 방글라데시의 경우는 인구의 90% 이상이 행복하다는 조사 결과가 나와 있습니다. 행복 지수를 높이는 인자로는 인생관, 건강, 돈, 인간관계, 야망, 자존심, 희망, 사랑 등의 많은 요인이 있습니다.

    돈이 행복의 절대 조건이 아니고 작은 한 부분일 뿐임에도 세상 사람들은 온통 돈에 초점을 맞추고 열을 올리고 있습니다. 요즘 사람들은 자신의 존재 가치를 자동차 크기와 아파트 평수로 나타냅니다. 그러나 이것은 속된 사람들의 허황한 가치이지, 인간다운 인간들의 참가치가 아닙니다.

우루과이의 무이카 전 대통령은 "충분히 가지고도 더 많이 가지려고 안달하는 사람이 세상에서 가장 가난한 사람이다."라고 하였습니다.

수의에는 주머니가 없고 죽을 때 가져갈 수 있는 것은 아무것도 없습니다.

자동차 크기보다는 사랑의 크기에, 아파트 평수보다는 마음의 평수에 참가치가 있음을 깨닫고 이 참가치에 초점을 맞추고 살아야만 인간답고 참부자다운 행복한 삶이 가능할 것입니다.

회복 탄력성

권투 시합에서는 수많은 잽과 어퍼컷이 날아옵니다. 이 잽과 어퍼컷을 맞고 KO가 되지 않으려면 타격의 충격에서 신속히 회복할 수 있는 육체의 근육을 키워 회복 탄력성을 높여야 합니다.

인생에도 수많은 잽과 어퍼컷이 존재합니다. 인생의 잽과 어퍼컷에 KO가 되지 않으려면 육체의 근육도 중요하지만 마음의 근육이 더욱 중요합니다. 떨어져 본 사람이 어디로 올라가야 하는지 그 방향을 알듯이 고난, 역경에 대한 극복의 긍정적 이미지를 기억에 쌓아 두는 것이 마음의 근육을 키우고 회복 탄력성을 높이는 방법입니다.

극복의 긍정적 이미지 쌓기 및 마음의 근육을 키우는 방법은 다음과 같습니다.

- 고난, 역경도 저주가 아닌 신의 사랑이다.

- 고난, 역경은 걸림돌이 아닌 도약의 발판이다.

- 성공은 고난, 역경을 극복한 뒤에 온다.

- 오로지 감사가 고난, 역경 극복의 Key Point다.

시련을 행운으로 바꾸는 마음 근육의 힘이 회복 탄력성입니다.

세상의 본질이 오로지 나의 행복한 삶을 위한 하나님의 사랑임을 확고히 마음에 새기고 세상만사를 아무 두려움 없이 오로지 감사하게 받아들이는 감사의 삶을 생활화하면 난관 극복의 긍정적인 이미지가 기억에 쌓이며 마음의 근육이 탄탄해져 어떠한 난관에도 절대 KO가 되지 않고 회복 탄력성이 최상인 상태로 행복한 삶을 살아갈 수 있습니다.

인생의 고통

인생의 고통은 소금과 같다네
짠맛의 정도는 고통을 담는 그릇에
따라 달라지지!

자네가 고통 속에 있다면
작은 그릇이 되는 것을 멈추고
큰 호수가 되게나!

마음의 크기가 커짐에 따라
고통의 크기는 작아집니다

마음의 크기를 키우는 것은
감사와 사랑입니다.

12

당신 마음대로

인생의 날수는 당신이 결정할 수는 없지만

인생의 넓이와 깊이는 당신 마음대로 결정할 수 있습니다

얼굴 모습을 당신이 결정할 수는 없지만

당신 얼굴의 표정은 당신 마음대로 결정할 수가 있습니다

그날의 날씨를 당신이 결정할 수는 없지만

당신 마음의 기상은 당신 마음대로 결정할 수가 있습니다

당신 마음대로의 방법은 오로지 감사입니다.

임종

우리는 삶에 엄청난 슬픔과 막막한 두려움을
주는 큰 숙제를 안고 살아가지요

그것은 우리가 삶의 여정을 마치는
임종이라는 것이지요

우리는 임종을 모든 것의 의미가 사라지고
모든 것이 끝나는 것이라고 생각을 하지요

결코 아니에요 임종은 삶의
끝이 아니라 새로운 시작이며

막다른 벽이 아니라 새로운 삶으로

나아가는 문이에요

우리는 임종을 바라보며 삶을 흘러가는 구름처럼

땅 위에 떨어져 바람에 흩날리는 낙엽처럼

쓸쓸하고 허무하게 바라보기도 하지요

임종은 허무하고 쓸쓸한

삶의 마침표가 아니에요

오늘과 내일을 편안한 잠이 이어 주듯이

임종은 마침표가 아니라 쉼표랍니다

탄생의 일출도 찬란하고 아름답지만

임종이라는 저녁노을도 지극히 아름다운

삶의 축복이에요.

스포츠와 인생의 참맛

　사람들은 스트레스를 풀고 여가를 즐기기 위해 스포츠 관람을 합니다.

　그러나 자신이 응원하는 팀이 지면 오히려 스트레스를 받습니다.

　몸과 마음을 힐링해야 할 스포츠가 오히려 스트레스를 가중해 심신에 위해를 가합니다.

　그 이유는 경기 내용보다 승패에 잡착하기 때문입니다. 스포츠의 본질은 승패가 아니라 멋진 플레이입니다. 멋진 플레이에 초점을 맞추고 관람하면 승패와 관계없이 항상 즐겁게 스포츠를 관람할 수 있습니다.

　운동선수들도 승패에 집착하기 때문에 상대에게 볼썽사나운

반칙을 하고 경기의 질을 떨어뜨립니다. 승패는 스포츠의 부수적인 요소이지 본질이 아닙니다. 멋진 플레이를 위하여 열심히 노력하다 보면 승리는 부수적으로 따라오는 것이지요.

인생도 마찬가지입니다.

많은 사람이 행복의 수단으로 돈에 초점을 맞추고 살아갑니다. 그러나 행복한 삶의 본질은 돈이 아니라, 감사와 사랑하는 마음을 가지고 창조적이고 건설적인 일을 하는 것입니다.

돈은 사랑과 감사한 마음으로 창조적이고 건설적인 일에 열심히 몰두하다 보면 자연히 따라오게 마련이지요. 사람들은 돈에 집착하기 때문에 사기, 절도, 폭행, 강도, 살인 등의 각종 범죄를 저지르며 삶의 질을 떨어뜨리고 세상을 삭막하게 만들어 갑니다.

스포츠나 인생이나 본질에 초점을 잘 맞추어야 그 참다운 맛을 느낄 수 있습니다. 스포츠의 본질은 멋진 플레이며 인생의 본질은 감사와 사랑입니다.

15

마음의 양식

우리의 몸은 좋은 음식과 운동으로 건강과 힘을 얻습니다.

그러면 우리의 마음은 무엇으로 건강과 힘을 얻을 수 있을까
요?

그것은 바로 올바르고 좋은 생각입니다.

사랑, 희망, 기쁨, 감사, 지혜, 정직, 배려, 용서는

우리의 마음을 풍요롭고 강건하게 합니다.

반면에 미움, 원망, 거짓, 불평, 성냄 등은

마음을 나약하게 하고 황폐화합니다.

그러나 일상에서 항상 좋은 생각과 좋은 마음을

유지한다는 것은 매우 어렵고 힘든 일입니다.

이것을 가능하게 하는 방법은 세상만사를 하나님의 사랑으로 감사하게 받아들이고, 다른 사람을 또 다른 나로 대하는 것입니다.

그리하면 우리의 마음은 항상 풍요롭고 강건함을 유지할 수 있으며, 삶은 행복해질 것입니다.

16

감동 호르몬

엔도르핀은 웃을 때 분비되는 호르몬으로
피로 해소는 물론 암을 치료하고
통증을 해소하는 데 효과가 있다고 알려져 있습니다.

최근 의학이 발견한 호르몬 중에
다이도르핀이라는 것이 있는데 다이도르핀의 효과는
엔도르핀의 4,000배라는 사실이 발표되었습니다.
다이도르핀이 생성될 때는 감동할 때라고 합니다.

좋은 음악을 듣거나
전에는 알지 못했던 깨달음을 얻었을 때
아름다운 풍경에 매료되었을 때
이때 우리 몸에서는 눈에 보이지 않는

놀라운 변화가 일어납니다.
반응이 없던 호르몬 유전자가 활성화되어
다이도르핀, 엔도르핀, 도파민, 세로토닌이라는
유익한 호르몬이 생성되기 시작합니다.

이 호르몬이 우리 몸의 면역 체계에
강력한 긍정적 작용을 일으켜 여러 가지 병도 고치고
암도 공격하게 됩니다.

다이도르핀이 기적을 일으키는 것입니다.
좋은 생각, 좋은 음악, 즐거운 여행으로
마음속에 감동 호르몬을 흐르게 하세요.

감사와 사랑이 감동의 원천입니다.

참다운 경쟁

작금의 세상은 무한 경쟁의 세상입니다. 인생은 싸움의 연속입니다.

우리는 학교나 직장에서 주로 다른 사람과 경쟁합니다. 다른 사람과의 경쟁은 스트레스 지수를 높이고 반드시 패자를 만듭니다.

그러나 자기 자신과의 싸움은 다른 사람을 의식하지 않아도 되고, 패자도 발생하지 않습니다. 참다운 경쟁은 나 자신과의 싸움입니다.

내 안의 또 다른 나, 그 내면의 나와 부딪쳐 갈등과 번민으로 이어지는 자신과의 싸움에서 승리자가 되어야 비로소 바로 설 수 있습니다.

어제보다 나은 오늘의 나, 오늘보다 나은 내일의 나, 매일매일 발전하는 나를 느끼는 것이 인생 최고의 희열입니다.

공황 장애

최근엔 극심한 불안, 공포로 공황 발작을 일으키는 사람이 많이 있습니다.

공황 장애의 증상은 극심한 불안, 공포에 의한 심장 박동 수 증가와 호흡 곤란, 예기치 못한 발작에 대한 불안, 죽을 것 같은 두려움, 우울증, 강박증, 불면증, 알코올 중독, 발한, 광장 공포, 대인 기피증 등이 있으며 거의 일상생활이 불가능한 상태에 빠지게 됩니다.

특히 대중을 상대하는 연예인들이 이 공황 장애를 많이 앓고 있습니다.
대중 앞에 나서기 때문에 대인 불안, 대중 인기 관리에 대한 스트레스 등이 공황 장애를 일으키는 주요인이기 때문입니다.

기타 유전적 요인, 심리적 요인 등도 있습니다.

　치료 방법은 주로 항우울제, 항불안제 등의 약물 복용과 인지 행동 치료가 있습니다. 약물 치료는 일시적이고 보조적인 치료이며 장기 복용은 심각한 부작용을 초래합니다. 근원적 치료는 인지 행동 치료로 잘못된 상황 인식을 올바르게 교정하는 것입니다.

　대중 앞에 나설 때의 대인 불안은 기본적으로 다른 사람을 남으로 인식함에 따른 것이므로 다른 사람이 남이 아닌 또 다른 나임을 제대로 인식하면 대인 불안은 사라질 것입니다. 그리고 대중 인기 관리에 대한 스트레스는 인기 변화 상황에 노심초사하지 말고 오로지 감사하게 받아들이면 마음의 스트레스가 최소화되어 정상적으로 잘 대처해 나갈 수 있습니다.

　공황 장애는 잘못된 상황 인식에 의한 정신적 부작용이므로 '너는 또 다른 나'와 '오로지 감사'에 의한 마음 관리로 반드시 능히 잘 극복해 나갈 수 있습니다.

우울증 극복 방법

요즈음 하루에 약 40명 정도가 자살로 생을 마감하고 있습니다.

그리고 자살의 주요 원인이 우울증이라고 합니다.

세계보건기구(WHO)도 21세기에 인류를 괴롭히는 10대 질병 중의 하나로 우울증을 꼽고 있습니다.

현재 우리나라의 우울증 환자 수는 인구 10만 명당 약 2천 명으로 매년 10% 정도씩 빠르게 증가하고 있습니다.

특히 직장인의 경우 전체의 45%가 과도한 업무량, 불확실한 미래, 상사 및 동료와의 불화 등을 원인으로 우울증을 앓고 있으며 극복 방법으로 주로 술과 담배에 의존하고 있는 것으로 나타났습니다.

우울증 발생 원인은 도시화, 핵가족화, 사회 경쟁 심화, 경제난 등의 사회 병리 현상과 최근 코로나19 팬데믹에 의한 여러 가지 어려움이 있습니다. 그리고 우울증이 깊어지면 삶에 대한 의욕 및 관심 상실, 무기력에 의한 업무 능력 저하, 불면에 의한 식욕 감소, 체중 저하, 피로감, 매사 불안, 집중력 저하, 인지 기능 저하, 슬픔, 공허감, 절망감 등 거의 정상적인 삶이 불가능해져 극단적인 선택으로 이어지게 되는 경우가 많습니다.

치료 방법으로는 항우울제(세로토닌) 투여에 의한 약물 치료와 긍정적 마음 강화를 위한 명상, 취미 활동, 유산소 운동, 금연, 절주, 종교 시설에서의 기도 등이 행해지고 있습니다.

우울증은 마음의 감기라고도 불리는 마음의 질병이며 마음의 질병은 잘못된 생각이나 잘못된 상황 인식이 근본 원인입니다. 따라서 항우울제에 의한 약물치료나 기타 행동 치료 방법은 일시적이고 보조적인 방법일 뿐이며 근본적인 치료 방법이 되지 못합니다.

우리 삶의 모든 난관, 질병, 죽음 등을 우리에게 해롭고 나쁜 일로 생각하고 두려움과 불안, 걱정, 근심으로 받아들이는 잘못된 상황 인식이 우울증 발생의 근본 원인입니다. 따라서 이러한 잘못된 상황 인식을 바로잡는 것이 우울증의 근본적인 치료 방법입니다.

우울증을 일으키는 우리 삶의 모든 난관, 질병, 죽음 등이 우리에게 해롭고 나쁜 일이 아니라 이 또한 나를 성장, 발전시키는 유익한 요소이며 행복한 삶을 위한 하나님의 사랑임을 자각하는 올바른 상황 인식이 중요합니다. 그리고 이러한 상황도 하나님의 사랑으로 감사하게 받아들이면 두려움이나 불안 등의 우울한 느낌 없이 평안한 마음으로 잘 받아들일 수 있으며 선하고 올바른 방법으로 대처해 나가면 반드시 능히 잘 극복해 나갈 수 있습니다(이것 또한 일상에서 꾸준히 실천하면 마음에 흔들림 없는 확신이 생깁니다).

이 세상에 존재하는 모든 것은 오로지 우리의 행복한 삶을 위한 하나님의 사랑임을 마음에 확고하게 새기고 어떠한 상황도 하나님의 사랑으로 감사하게 받아들이면 우울증은 다시는 우리 삶에 존재하지 않을 것입니다.

20

화 다스리는 법

우리 대부분은 인간관계에서의 수많은 갈등과 대립으로 마음에 불편감과 스트레스를 안고 살아갑니다. 상대방이 화를 내거나 나를 무시하는 모욕적인 발언을 하거나 폭언을 퍼부으면 곧바로 똑같은 방법인 화에는 화로, 폭언에는 폭언으로 대응하여 상황을 파국으로 몰아갑니다. 실제로 최근엔 데이트 폭력으로 인한 끔찍한 집단 살인 사건이 난무하는 실정입니다.

우리는 화가 나면 지혜와 이성을 관장하는 뇌의 전두엽 기능이 약화되어 판단력과 자제력이 떨어져 폭력과 살인 같은 비이성적인 행동을 하게 됩니다.

이러한 화를 참는 방법으로는 예부터 내려오며 잘 알려진 "참을 인(忍) 자 셋이면 살인도 면한다."라는 선인들의 가르침이 있고 요즈음에 많이 알려진 방법은 심호흡으로 들숨 5초 날숨 5초로 호흡하며 왜 화가 났는지 생각하며 역지사지로 이해하려고 노력하며 화를 가라앉히는 방법이 있습니다.

또 종교인들의 경우에는 '이럴 때 예수님이나 부처님이라면 어떻게 하실까?'라고 생각하며 화를 제어하기도 합니다. 그러나 이 모든 방법은 웬만한 수준의 화를 제어하기에 역부족이며 효과적이지 못합니다.

화를 제어하는 효과적이고 근본적인 방법은 일단 화나는 이 상황도 하나님의 사랑이라는 생각으로 감사하게 받아들여 급격한 화의 발현을 제어합니다. 또한 상대방의 행동에 대해 '깨달음이 없고 생각이 얕으면 충분히 저리할 수 있지.'라는 이해가 동반되면 감사와 이해로 충분히 화의 발현을 제어할 수 있습니다.

그리고 상대의 본성이 악이 아니라 나인 형제자매이자 선임을 자각하는 것도 상대에 대한 화와 미움을 제거하는 데 도움이 됩니다.

이렇게 하여 화의 발현을 제어한 후 차분한 마음으로 선하고 올바른 방법을 찾아 이성적인 대처를 해 나가면 되는 것입니다.

이처럼 하면 아무리 화나는 상황에서도 흥분하지 않고 평정심을 유지하며 현명하고 올바른 방법으로 화를 대처해 나갈 수 있으며 상황을 파국으로 치닫게 하는 일은 결코 일어나지 않게 할 수 있습니다.

물론 쉽게 되는 일은 아니며 일상에서 끊임없고 꾸준한 실천으로 습관화하는 일이 필요합니다.

스트레스 극복 방법

우리는 삶 속에서 끊임없는 스트레스와 함께 살아갑니다.

좋은 일, 나쁜 일 모두가 나름대로의 스트레스를 우리 마음에 안깁니다.

자면서 꿈속에서도 스트레스를 받습니다.

특히 직장 업무의 스트레스는 업무 능력 저하로 이어져 직장 생활의 의욕을 저하시키고 삶 전체의 위기를 초래하기도 합니다.

그리고 이 스트레스가 마음에 쌓이면 신체의 전 기능이 저하되고 면역력이 약화되어 만병의 근원이 됩니다. 주요 증상은 소화 불량, 두통, 가슴 압박감, 불면 등이 있으며 이는 삶의 질에 심각한 위해를 가합니다.

올바른 방법은 아니지만 스트레스를 해소하기 위하여 보통은 습관적으로 술과 담배에 많이 의존합니다. 그리고 좀 더 이성적인 방법으로는 독서, 운동, 친구와의 대화, 음악 감상 등의 취미 활동, 여행 등의 휴식을 취합니다. 그러나 이와 같은 방법은 어디까지나 임시방편에 지나지 않으며 이러한 방법으로는 스트레스를 근원적으로 완전히 해소하는 것은 불가능합니다.

스트레스가 발생하는 근본 원인은 모든 사람을 남으로 보고 경쟁 상대로 인식하는 데에서 오는 긴장감, 불안감 그리고 세상을 고통, 극복의 대상으로 인식하는 데에서 오는 긴장감, 위기감, 미래에 대한 막연한 불안 등입니다.

스트레스를 해소하는 근원적인 방법은 세상 모든 사람이 경쟁 상대인 남이 아니라 더불어 살아가야 하는 사랑하는 나인 형제자매임을 올바로 인식하고 세상 우주 만물이 오로지 나의 행복한 삶을 위한 하나님의 사랑임을 올바로 인식하여 세상만사를 오로지 감사하게 받아들이는 것입니다. 이렇게 하면 마음은 언제나 스트레스 없이 평안하고 자유로울 것입니다.

이와 같은 평안하고 자유로운 마음 상태로 세상 모든 일을 해 나가면 최고의 능률과 성과를 얻을 수 있으며 스트레스 없는 행복한 삶을 살아갈 수 있을 것입니다.

22

공허함

 우리는 삶을 살아가며 많은 슬픔과 좌절의 순간을 맞이하게 됩니다.

 사랑하는 가족의 죽음으로 인한 영원한 이별의 아픔, 실직과 퇴직에 의한 경제적 어려움, 삶에 지쳐 몸과 마음의 무너짐 그리고 더 깊게는 삶의 의미는 무엇이며 나의 정체성은 또한 무엇이며 도대체 무엇을 위해 이렇게 힘든 삶을 왜 살아야 하는가 등에 대한 근원적인 물음에 빠질 때 우리는 삶의 덧없음과 공허함에 빠져듭니다.

 우리는 이 문제를 극복하기 위하여 관련 학문인 철학, 심리학, 인문학, 종교, 명상 등의 서적과 자료에서 삶의 비결을 찾기도 하고 손쉬운 방법으로 술, 담배, 쇼핑, 여행 등을 하기도

합니다.

그러나 이 모든 방법은 일시적으로 마음의 공허함을 메울 수는 있지만 아쉽게도 삶의 의미와 자신의 정체성은 무엇이며 무엇을 위해 왜 사는지에 대한 근원적인 해답을 줄 수는 없으며 우리는 정처 없는 방황에 헤매게 됩니다.

우리 삶의 의미와 가치는 참다운 행복한 삶입니다. 그리고 나의 정체성은 하나님의 사랑으로 창조된 행복한 삶을 추구하는 인간이며 하나님의 사랑으로 이루어 가는 행복한 삶이 좋아서 사는 것이 우리 삶의 궁극적 이유입니다.

그리고 죽음도 영원히 사라지는 것이 아닌 새로운 삶으로의 이전이므로 대성통곡할 일은 아니며 감사하게 받아들이면 이별의 아픔도 최소화하며 잘 극복해 나갈 수 있습니다.

하나님의 사랑으로부터 와서 보다 나은 행복한 삶을 향하여 영원히 나아가는 것이 우리의 인생입니다. 우리의 인생은 진실되고 가치 있고 의미 있는 참된 것입니다.

진실되고 가치 있고 의미 있고 참된 하나님의 사랑이 우리 삶의 본질이며 이 사랑과 감사로 이루어 가는 행복한 삶에는 덧없음과 공허함은 존재하지 않습니다.

작은 단점 큰 변화

어머니 오래오래 사세요.
어머니 오래오래 사네요.
자음 하나에 엄청난 뜻 차이가 납니다.
남에서 점 하나 빼면 님이 되지 않습니까?
여러분의 점 하나, 받침 하나는 무엇입니까?
여러분의 작은 단점을 하나 빼 버리면 삶엔 큰
변화가 일어납니다.

제3부

세상 바라보기

1

지식과 지혜의 차이

지식과 지혜는 어떤 차이가 있을까요?

학교에서 주로 책으로 가르치고 배우는 것이 지식입니다.

그리고 요즈음 인터넷에서 검색하여 얻는 것이 주로 지식입니다.

지식은 주로 편안한 상태에서 머리로 습득합니다.

그러나 지혜는 삶 속의 고통과 난관 속에서 온몸으로 부딪혀 체험적으로 깨달아 가슴으로 습득합니다. 지식에 삶의 경험과 깊은 사고력이 더하여져 지혜가 됩니다.

지식과 지혜의 차이는 다음과 같습니다.

- 지식은 너와 내가 둘(남)이고 지혜는 너와 내가 하나(또 다른 나)입니다.

- 지식은 삶이 고통이고 지혜는 삶이 기쁨입니다.

- 지식은 나이 듦이 늙음이고 지혜는 나이 듦이 익어 감입니다.

- 지식은 죽음이 끝이고 지혜는 죽음이 새로운 시작입니다.

아인슈타인은 전문 지식만 갖춘 사람은 잘 훈련된 개와 같은 상태가 된다고 하였습니다. 지식만으로는 참된 인성을 갖춘 인간다운 인간이 되기 어렵습니다.

지식은 세상을 눈으로 보고 지혜는 세상을 마음으로 봅니다.

모든 것에 항상 감사하며 세상을 사랑하는 마음을 가지고 매일매일 창조적이고 건설적인 일을 하며 살아가면 지혜가 쌓이고 가치 있고 의미 있는 행복한 삶이 이루어질 것입니다.

2

갈등과 대립

　전 지구인의 삶을 힘들고 어렵게 하는 고민거리 중 하나는 중동 및 아프리카 지역의 전쟁, 기근, 박해에 의한 수천만의 난민이 추위와 굶주림으로 길 위에서 죽어 가고 있는 것입니다. 또한 전 세계 인구의 15%인 10억 명 정도와 아프리카 어린이 중 30%가 5세 이전에 기아로 사망합니다.

　그리고 빈부 격차에 의한 위화감과 적대감 심화, 기후 위기에 의한 전 지구적 환경 위기, 미·중 갈등에 의한 제3차 세계 대전 위기, 인종·민족·문화·종교 차이에 의한 전 지구적 분쟁과 대립 등 그야말로 지옥 같은 참혹한 상황이 지구촌에서 연출되고 있습니다.

　현재 사회의 정치 제도(자본주의, 공산주의) 또는 AI로 대변되는 과학 기술로 이 문제를 해결할 수 있을까요? 불가능하다고 생각합니다.

그렇다면 이러한 문제의 원인과 해결 방법은 무엇일까요?
복잡하고 다양한 원인이 있겠지만 가장 중요한 원인은 우리 서로가 다른 사람을 경쟁 상대인 남으로 보고 대립, 갈등하는 것이 근본적인 원인입니다.

따라서 이 문제의 해결 방법은 사회의 정치 제도나 과학 기술이 아니라 올바른 윤리, 철학이 근본적인 해결책이라 생각합니다.

이 윤리, 철학의 구체적인 방법은 우리 서로가 남이 아닌 또 다른 나라는 깨달음으로 인성 혁신을 이루어 서로를 나인 형제자매로 대하면 상기의 모든 갈등과 대립이 사라지고 서로 돕고 협동하는 인간다운 이상 사회를 건설해 나아갈 수 있을 것입니다.

실제로 무력 대립 비용인 군사비 2천조 원과 사회 갈등 비용 수천조 원이면 난민, 기아, 기후 위기 등을 능히 해결해 나갈 수 있을 것입니다.

3

코페르니쿠스적 전환

1543년 코페르니쿠스는 태양이 지구 주위를 도는 것이 아니라 지구가 태양 주위를 돈다는 지동설을 주장하여 기존의 천동설 세계관의 획기적인 전환으로 천문학에 대한 이해와 세상을 바꾸어 놓았습니다.

코페르니쿠스적 전환이라는 말은 기존의 사고방식이나 견해의 획기적인 전환이 필요할 때 주로 인용하는 말입니다.

지금 세계가 겪고 있는 수많은 문제(기후 위기, 팬데믹, 전쟁, 기아, 난민, 테러, 빈부 격차, 생존 경쟁, 민주와 공산 진영 간 군사 대립 및 갈등 등)의 해결을 위하여 제2의 코페르니쿠스적 전환이 필요합니다.

즉, 다른 사람을 남으로 인식하는 기존의 사고방식을 '너는 또 다른 나'라는 획기적인 인식으로 전환해야 합니다.

현재 세계가 안고 있는 모든 문제의 근원적 원인은 서로를 남으로 인식하는 잘못된 생각입니다. 이 생각을 바꾸지 않는 한 현재 우리 인류가 안고 있는 모든 문제의 근원적이고 완전한 해결은 불가능합니다.

우리가 서로를 남이 아니라 '또 다른 나'라고 인식을 전환하는 것이야말로 이 세상을 바꾸는 진정한 제2의 코페르니쿠스적 전환이 될 것입니다.

4

보수주의, 진보주의

　우리나라의 정치 제도는 대체로 진보주의와 보수주의 두 진영으로 나뉘어 운영되고 있습니다.

　진보주의는 사회 질서나 제도 등의 급진적인 변화를 도모하여 사회의 혁신적인 변화, 발전을 도모하고자 하며 경제적으로는 평등에 중점을 두고 분배를 강조합니다. 반면에 보수주의는 기존의 질서나 제도의 급진적인 변화보다는 기존의 질서나 제도를 옹호, 유지하며 점진적인 변화와 발전을 도모하며 경제적으로는 분배보다 성장에 중점을 두고 있습니다.

　진보는 분배 지향적인 사회주의로 좌익이라 표현하고 보수는 성장 지향적인 자유주의로 우익으로 표현되기도 합니다. 세계적으로 사회주의는 공산주의로 자유주의는 민주주의로 대변

이 되며 양 진영이 극한 대립을 하고 있습니다.

　우리나라도 진보와 보수 두 진영이 극한 대립을 하며 사회 갈등의 진원지가 되어 국론을 분열시키고 있습니다. 성장을 우선시하는 보수주의와 분배를 우선시하는 진보주의는 대립의 개념이 아니라 서로 조화를 이루어 희망찬 미래를 향하여 훨훨 날아야 하는 새의 양 날개입니다.

　우리가 영원히 추구해야 할 주 이념은 보수 또는 진보라는 물질주의적 절름발이의 한쪽 날개가 아니라 보수와 진보를 아우르며 창조적으로 진화하는 인간 중심의 인본주의가 되어야 할 것입니다.

　인본주의의 핵심은 '너는 또 다른 나'입니다.

5

인본주의

오늘날 우리나라의 민주주의 수준은 세계 최고 수준으로 평가받고 있으며 경제 수준도 세계 10위권으로 부유한 나라에 속합니다. 그러나 국민 행복 지수는 세계 62위로 국민들의 삶은 그다지 행복하지 못합니다.

또한 노인 빈곤율, 사회 불평등, 자살률, 각종 갈등(이념, 빈부, 지역, 젠더, 세대, 노사)은 세계 최고 수준입니다. 그야말로 헬조선입니다.

사람보다 물질을 우선시하는 자본주의, 능력주의, 개인주의 등이 주된 원인입니다.

아이들은 어려서부터 주입식, 암기식 교육을 받으며 치열한 경쟁 위주의 능력주의, 개인주의를 몸에 익혀 갑니다. 커 가면서도 대학 입시를 위한 시험공부에 매달리며 지옥 같은 시간을 보냅니다.

이러한 교육이 자본주의, 능력주의, 개인주의 사회의 부조리를 더욱 고착화하며 심화하는 요인이 되고 있습니다.

이러한 문제를 해결하기 위해서는 교육 제도를 경쟁 위주의 주입식, 암기식이 아닌 협동과 토론 위주의 창의적 교육으로 전환하고 물질보다 사람을 우선시하는 인성 교육을 강화해야 합니다. 또한 대학 입시도 폐지하고 독일처럼 자격 시험제로 바꾸어 입시 지옥이라는 승자와 패자로 나뉘는 경쟁적 교육 환경을 개선해야 합니다.

그리고 자본주의에 의한 불평등의 해소를 위하여 돈이 근본인 자본주의가 아니라 사람이 근본인 인본주의를 국가 기본 체제로 확립하는 것이 헬조선을 해결하고 진정한 자유 민주주의 선진국으로 나아갈 수 있는 방법이라 생각합니다.

인본주의의 핵심은 나의 본질이 하나님의 사랑이며 우리 서로는 남이 아니라 '또 다른 나'라는 깨달음에 대한 확신과 실천입니다.

6

윤리 도덕과 종교의 한계

세상에는 수많은 윤리 도덕과 종교 사상이 존재합니다. 그러나 세상은 우리가 바라는 이상 세계와는 점점 거리가 멀어져 가고 있습니다.

우리나라의 경우 조선 시대 500년간 공자, 맹자의 유교 사상이 지배하는 고매한 선비의 사회였음에도 탐욕에 의한 부정부패와 이기심에 의한 당파 싸움으로 날을 지새웠습니다. 개화 후에는 기독교 사상이 사회의 새로운 이념이 되었으나 사회는 천국과는 거리가 먼, 조선 시대와 다를 바 없는 혼탁하고 추한 모습을 보였습니다. 유교의 핵심 사상은 '인의예지(仁義禮智)'입니다.

그리고 기독교의 핵심 사상은 '이웃을 내 몸처럼 사랑하라'입니다.

둘 다 핵심 사상은 인간에 대한 사랑이며, 제대로만 실천된다면 우리가 바라는 이상 세계의 실현이 가능합니다. 그러나 둘 다 실천이 제대로 이루어지지 않았고, 이상 세계의 실현에도 거의 도움이 되지 못하고 있습니다.

왜 그럴까요? 유교의 인의예지나 기독교의 이웃을 내 몸처럼 사랑하라는 말은 그냥 듣기 좋은 말일 뿐이지, 실천 가능한 진리의 깨달음이 아니기 때문입니다.

인의예지나 이웃을 내 몸처럼 사랑하는 것은 다른 사람을 남으로 보는 한 실천 가능한 일이 절대 아닌 것입니다.

'너는 또 다른 나'라는 진리의 깨달음이 있어야 다른 사람의 몸이 내 몸처럼 느껴지고, 비로소 다른 사람을 내 몸처럼 사랑할 수가 있는 것입니다.

기존의 윤리 도덕과 종교 사상에는 이러한 진리의 깨달음이 없기 때문에 아무리 많은 교회, 성당, 절 등이 있어도 사회는 전혀 바뀌지 않는 것입니다.

7

종교의 오류

세상에는 수없이 많은 종교가 있습니다.

전 세계 인구의 86%에 달하는 많은 사람이 종교를 가지고 신앙생활을 하고 있으며 거의 모든 종교가 사랑, 화합, 평화를 표방하고 있습니다.

그러나 이 세상은 종교의 목적과는 달리 증오와 분열과 경쟁과 대립이 지배하고 있습니다. 왜 이 세상은 종교의 목적과는 반대로 움직이는 것일까요?

그 이유는 종교의 가르침이 사람들의 마음에 진정한 사랑을 키우고 참다운 삶의 방법을 가르치는 올바른 내용이 아니기 때문입니다.

대표적 종교들의 핵심 사상을 살펴보겠습니다.

먼저 기독교의 핵심 내용인 성모 마리아의 처녀 잉태와 예수 출산, 모세의 출애굽 홍해를 가르는 기적, 예수가 십자가에서 죽은 후 3일 만에 부활 승천한 일 그리고 다시 재림하여 예수 천국, 불신 지옥 심판 등….

모든 내용이 비상식적, 비과학적인 허구입니다. 악인도 예수만 믿으면 천국에 가고 아무리 선해도 예수를 안 믿으면 지옥에 간다는 어처구니없는 발상입니다.

다음은 불교의 핵심 사상인 무아, 공, 윤회 사상을 살펴보겠습니다.
먼저 무아나 공 사상은 삼라만상 일체가 실체가 없는 허상으로 텅 빈 공이라는 사상입니다. 텅 빈 공은 곧 허무를 의미합니다. 삶의 고통을 실체가 없는 공으로 인식해서 고통을 제거하려는 목적입니다. 실재하는 고통이 실체가 없는 공이라고 생각한다고 해서 사라질 수가 없습니다.

또 윤회 사상은 지은 업장에 따라 육도 윤회를 돌고 돈다는 것인데 축생이나 지옥으로 떨어지면 선업을 쌓는 것이 원천적으로 불가하여 인간으로 환생이 불가능합니다. 그리고 축생으로 윤회할 경우 자손들의 식탁에 고기반찬이 될 수도 있게 되는 윤리적 모순이 발생합니다.

공 사상은 아무것도 없다는 뜻이 아니라고 이야기하지만 언어유희에 지나지 않는다고 생각합니다.

다음은 힌두교에 대해 알아보겠습니다.

힌두교의 대표적인 사상에는 카스트 제도가 있습니다. 카스트 제도는 태어나면서부터 아버지의 신분 계급을 세습하는 차별적 계급 제도로 평생 그 굴레에 매여 구속된 삶을 살아야 합니다. 맨 하층 계급인 불가촉천민 계급은 개, 돼지 취급을 받으며 짐승 같은 삶을 살아야만 합니다. 특히 여성은 남성의 종속물로 취급되며 남편이 죽으면 산 채로 남편과 같이 화장되는 '사티'라는 악습도 있습니다.

힌두교는 종교가 아니라 인류의 보편적 가치인 평등사상과 인간의 존엄성을 파괴하는 극악무도한 병폐입니다.

마지막으로 이슬람에 대해 알아보겠습니다.

이슬람은 기독교와 같은 뿌리이나 이슬람 극단주의자(IS)들의 무자비한 자살 폭탄 테러는 전 인류의 공분을 자아내고 있습니다. 그리고 여성 비하 및 타 종교와의 극한 대립 등은 화합, 평화와는 거리가 먼 적폐입니다.

이상과 같이 기성 종교들의 사상은 진리가 아닙니다. 따라서 기성 종교에 의한 인간 성숙과 세상의 올바른 변화는 불가능하다고 생각합니다.

철학자 마르크스는 "종교는 민중의 아편이다."라고 하였습니다.

대부분의 종교는 사람들에게 맹목적인 고정 관념을 심어 주어 이성을 마비시키는 아편의 역할을 합니다.

이 세상의 본질이 우리의 행복한 삶을 위한 하나님의 사랑이며 우리 서로는 남이 아니라 또 다른 나임을 깨닫는 것이 우리의 마음에 사랑을 키우고 인간다운 인간으로 성숙하게 하여 이 세상을 더욱 평화롭고 아름답게 변화시킬 수 있는 올바른 방법이라 생각합니다.

8

기도의 의미

우리는 삶의 어려움을 극복하기 위하여 하나님, 부처님, 알라신 등의 절대자께 기도하며 도움을 요청합니다.

그리고 기독교의 새벽 기도, 금식 기도, 철야 기도, 산상 기도, 불교의 108배, 1080배, 3000배 기도, 이슬람의 매일 5번씩 하는 메카를 향한 살라트 기도, 라마단 기간(9월)에 하는 한 달간의 금식 기도 등 수많은 기도에 엄청난 시간과 열정을 쏟습니다. 그러나 기도로 질병이 낫거나 삶의 어려움이 해결되는 경우는 거의 없습니다.

기도에 전심전력을 기울이다 원하던 결과가 없음에 실망하여 신앙하던 종교를 버리거나 신의 존재를 부정하며 원망하기도 합니다. 실제적인 노력 없이 기도만으로 해결되는 문제는 세상에 없으며 이러한 기도 행위는 소중한 삶을 허비하는 매우 어리석고 잘못되고 허망한 행동입니다.

하나님은 직접 질병을 치유하시거나 삶의 어려움을 직접 해결해 주시는 분이 아닙니다. 기도의 의미와 목적은 문제의 직접적인 해결이 아니라 기도는 우리가 삶의 난관에 부딪혀 절망하고 좌절하여 쓰러지지 않을 끈기와 용기를 다지고 진리의 깨달음을 구하며 하나님과 함께하기 위해 하는 것입니다.

기도는 복을 구하는 행위가 아니며 직접적 문제 해결의 수단은 더더욱 아닙니다. 기도는 하나님의 사랑과 인도하심에 대한 확신을 마음속 깊이 다지며 마음의 힘을 키우고 마음의 성인으로 성장해 나가는 수행 과정입니다.

기도는 하나님의 사랑으로 하나님과 함께 행복한 삶을 살아감에 대한 감사이며 하나님의 인도로 올바른 삶으로 나아가기 위한 의지이자 다짐입니다.

가장 강력한 기도는 일상에 감사하며 하나님의 뜻에 맞는 올바르고 행복한 삶을 살아가는 것입니다.

9

욕망

요즈음 욕망을 버리자는 말을 많이 합니다.

욕망에 의한 괴로움을 떨쳐 버리기 위함입니다.

불교에서 벗어 버려야 할 삼악의 첫 번째가 탐(욕망)입니다.

그러나 욕망이 없으면 괴로움도 없지만 즐거움과 기쁨과 삶의 의미도 사라집니다.

철학자 스피노자는 "욕망은 인간의 본질이다."라고 하였습니다.

욕망에는 세 가지 종류가 있습니다.

첫 번째, 나와 남에게 모두 이로운 욕망

두 번째, 나만 좋고 남에게는 이익도 해로움도 없는 욕망

세 번째, 나만 좋고 남에게는 해가 되는 욕망입니다.

세 번째 욕망은 자제되어야 하고 첫 번째와 두 번째 욕망은
장려되어야 합니다.

각 개인의 다양하고 창조적이고 정의로운 욕망이 현대 국가
발전의 원동력이자 행복한 삶의 원동력입니다.

10

마음 비우기

불교에서는 마음을 놓아 버리고 비우라는 이야기를 많이 합니다.

마음을 조금 놓아 버리면 조금의 평온이 오고 크게 놓아 버리면 크게 평온이 오고 완전히 놓아 버리면 완전한 평온과 자유가 옵니다.

그러나 실제 마음을 놓아 버리고 텅 비워 버리면 평온이 아니라 허무, 좌절, 슬픔, 회의가 먼저 찾아옵니다. 마음은 텅 비워 버려야 하는 것이 아니라 사랑과 감사로 가득가득 채워 가야 하는 것입니다.

마음에 사랑과 감사가 조금 차면 조금의 평온이 찾아오고 사랑과 감사가 많이 차면 많은 평온이 찾아오고 사랑과 감사로 완전히 채우면 완전한 평온과 자유와 행복이 찾아오는 것입니다.

11

참믿음

나무에 앉은 새는 나뭇가지가 부러지는 것을
두려워하지 않습니다

그건 나뭇가지를 믿어서가 아니라
자신의 날개를 믿기 때문이지요

이 세상의 본질이 오로지 우리의 행복한 삶을 위한
하나님의 사랑임을 확고히 깨닫고 믿으면 세상의
어떤 풍파도 두렵지 않습니다

참믿음을 가지면 세상에 두려울 것이 없으며
오로지 평안과 자유가 충만할 것입니다.

교조주의와 참신앙

모 종교학자는 종교에는 피부와 속살이 있다고 합니다.

종교의 피부를 훑는 것을 표층 종교라고 하며 표층 종교는 종교의 교의나 교리를 이성적 판단 없이 무조건적으로 믿고 주장하는 교조주의가 대표적인 특징입니다(달을 보지 않고 달을 가리키는 손가락만 보는 형국입니다).

중세 시대 기독교에 의한 십자군 전쟁과 현재 중동 지방의 끊임없는 전쟁과 이슬람 극단주의자(IS)들에 의한 테러가 이러한 교조주의 표층 종교의 심각한 병폐라고 할 수 있겠습니다.

이에 반하여 종교의 속살, 영원한 생명을 훑는 것을 심층 종교라고 하며 심층 종교는 종교의 교의나 교리에 얽매이지 않고 끊임없이 진리의 깨달음을 추구하며(묵상, 명상, 참선 등의 수행) 나를 넘어 새로운 나, 더 큰 나로 거듭나고자 하는 것이 대표적인 특징입니다. 이러한 종교를 참믿음, 참신앙이라 할 수 있겠습니다.

　오늘날 대부분의 종교가 교조주의, 표층 종교화되어 종교가 도리어 개인과 사회 발전에 장애가 되고 있습니다.
　이제 에고가 아닌 참자아, 교조주의가 아닌 진리의 깨달음을 추구하는 참신앙, 심층 종교로 나아가는 현대판 종교 개혁이 필요한 시점입니다.

천국과 지옥의 실체

　기독교 신앙의 목표는 예수를 믿고 구원을 받아 하늘에 있는 천국에 가는 것입니다. 그리고 예수를 믿지 않을 경우에는 땅속의 유황 불지옥, 즉 영원한 고통의 나락으로 떨어진다고 말합니다.

　불교도 삶에서 악업을 지으면 윤회의 사슬에 따라 땅속의 지옥에 떨어져 영원한 고통을 받는다고 합니다. 그리고 진리의 깨달음을 얻어 윤회의 사슬을 끊고 해탈하면 고통과 번뇌가 전혀 없는 하늘의 열반에 들어간다고 합니다.

　과연 하늘 어딘가에 천국과 열반이라는 물리적인 장소가 존재할까요?
　과연 땅속 어딘가에 유황 불지옥이 실제로 존재할까요?

너무 유치하고 유아적인 발상이 아닐까요?

종교에는 표층 종교와 심층 종교가 있습니다.

표층 종교는 천국과 지옥을 물리적인 장소로 이해하는 것이고 심층 종교는 천국과 지옥을 내 마음 상태에서 찾는 것입니다.

천국은 마음에 감사, 사랑, 평안, 자유가 충만하여 행복을 만끽하는 상태이며 지옥은 마음에 불평, 불만, 미움, 원망이 가득하여 불안, 두려움에 의한 고통으로 괴로움에 빠져 있는 상태입니다.

물리적인 천국과 지옥은 존재하지 않는 허구이며 마음에 평안과 자유가 충만하여 행복한 상태가 진정한 천국입니다.

14

참다운 성지 순례

모든 종교의 많은 신앙인은 신앙심을 고취하고 신적인 영감을 얻기 위하여 성지 순례를 행하고 있습니다. 유대교, 그리스도교, 이슬람교 신자들은 예루살렘을 공동 성지로 순례하고 있고 불교 신자들은 부처님 탄생지인 룸비니 그리고 열반지인 쿠시나가라 등을 순례하고 있습니다.

특히 마호메트의 탄생지인 사우디아라비아의 메카에서는 매년 12월이면 수많은 이슬람 교인이 인파에 밀려 깔려 죽는 참혹한 사고를 당하면서도 목숨을 걸고 성지 순례를 하고 있습니다.

과연 이러한 성지 순례가 우리의 마음을 성숙하게 하는 데 얼마나 도움이 될지 의심스럽습니다. 우리의 참다운 성지는 이러한 물리적인 장소가 아니라 우리의 사랑하는 마음이 아닌가 생각합니다. 그리고 이 사랑하는 마음을 찾아 떠나는 것이 참다운 성지 순례가 아닌가 생각합니다.

15

참부자

사람들은 행복한 삶의 첫 번째 조건으로 물질적인 부를 꼽으며 저마다 부자가 되기 위하여 부동산 투기, 주식 투자 등을 하며 재물을 모으기에 혈안이 되어 부정부패를 저지르기도 하며 사회의 많은 문제를 야기하고 있습니다.

그러나 연구 결과에 의하면 소득이 증가해도 행복 지수는 거의 변화가 일어나지 않는 것으로 나타나고 있으며, 실례로 최빈국 방글라데시의 경우는 인구의 90% 이상이 행복하다는 조사 결과가 나와 있습니다. 행복 지수를 높이는 인자로는 인생관, 건강, 돈, 인간관계, 야망, 자존심, 희망, 사랑 등의 많은 요인이 있습니다.

돈이 행복의 절대 조건이 아니고 작은 한 부분일 뿐임에도 세상 사람들은 온통 돈에 초점을 맞추고 열을 올리고 있습니다. 요즘 사람들은 자신의 존재 가치를 자동차 크기와 아파트 평수로 나타냅니다. 그러나 이것은 속된 사람들의 허황한 가치이지, 인간다운 인간들의 참가치가 아닙니다.

우루과이의 무이카 전 대통령은 "충분히 가지고도 더 많이 가지려고 안달하는 사람이 세상에서 가장 가난한 사람이다."라고 하였습니다.

수의에는 주머니가 없고 죽을 때 가져갈 수 있는 것은 아무것도 없습니다.
자동차 크기보다는 사랑의 크기에, 아파트 평수보다는 마음의 평수에 참가치가 있음을 깨닫고 이 참가치에 초점을 맞추고 살아야만 인간답고 참부자다운 행복한 삶이 가능할 것입니다.

16

기부

사회의 불평등 해소 및 사회 통합, 삶의 질 향상을 위하여 사람들은 기부를 합니다. 우리나라의 경우 25% 정도의 국민이 연평균 30만 원 정도의 금액을 기부하는 것으로 나타났습니다. 영국의 75%에 비하면 매우 빈약한 수준입니다. 국가의 대외 원조도 국민 총소득(GNI) 대비 0.15%로 중국의 1/2 수준에도 못 미치는 빈약한 수준입니다.

우리가 기부를 하는 주된 이유는 어려운 이웃 돕기, 종교적 신념, 사회 기여 등입니다. 세계 부호들의 거액 기부는 자본주의 사회의 불평등 해소에 큰 역할을 하고 있습니다.

반드시 뿌린 대로 거둔다는 인생의 기본 법칙에 따라 아름다운 씨앗은 반드시 아름다운 열매로 돌아올 것입니다. 기부는 다른 사람만을 위한 것이 아니라 나를 위한 행위입니다.

　다른 사람이 불행하면 나도 행복할 수 없습니다. 코로나19 바이러스가 나만 방역한다고 해결되는 것이 아니듯이 우리 모두가 다 같이 행복해야 나의 행복이 보장되는 것입니다.

　고통받는 어려운 이웃의 문제를 내 문제로 인식하고 기부 문화를 생활화하는 것이 나와 우리 모두의 안전과 행복을 위하는 길이 될 것입니다.

17

운칠기삼

우리 삶에 운칠기삼(運七技三)이라는 말이 있습니다.

살아가면서 일어나는 모든 일의 성패는 운(運)이 7할, 노력(技)이 3할이라는 말입니다. 열심히 노력해도 실패하는 경우가 많습니다. 7할의 운이 미흡한 결과로 볼 수도 있습니다. 일의 성패를 가름하는 것은 일에 대한 노력만이 아니라 삶의 자세가 매우 중요함을 알 수 있습니다.

대부분의 성공한 사람은 운이 좋았다고 말합니다. 실제 우리 삶의 많은 부분(복권 당첨, 아파트 청약, 스포츠의 승패 등)이 운에 좌우됩니다. 그리고 역학의 사주 풀이로 직장 운, 사업 운, 관 운, 재물 운 등을 점치는 사람이 많습니다.

하지만 현재의 내 모습은 과거 내 삶의 결과이며 미래의 내 모습은 현재 내 삶의 결과입니다. 이것이 뿌린 대로 거둔다는 영원불변의 삶의 원리입니다.

사람들은 좋은 운을 가지려면 덕(德)을 쌓아야 한다고 말합니다. 덕의 기본은 인(仁)과 예(禮)입니다. 인은 사랑이며 예는 효입니다. 사랑과 효를 실천할 수 있는 기본 정신은 '너는 또 다른 나'입니다.

'너는 또 다른 나'를 삶에서 실천하는 것은 인생 성공의 7할을 담보하는 좋은 운을 가질 수 있는 인생 성공의 필수 전략입니다. 나머지 3할의 노력은 기본 사항이구요.

18

삶의 세 가지 유형

우리 삶의 유형은 대체로 다음의 세 가지로 생각해 볼 수 있습니다.

첫 번째, 행복한 삶
두 번째, 그저 그런 삶
세 번째, 불행한 삶

우리는 대체로 이 세 가지 형태의 삶을 살아가고 있다고 생각합니다.

첫 번째, 행복한 삶은 우리 삶의 궁극적인 목표인 행복한 삶이 좋아서 사는 이타적인 삶이라고 할 수 있겠습니다.

두 번째, 그저 그런 삶은 먹고살기 위해 아등바등하는 이기적인 삶으로 우리 대부분, 즉 보통 사람의 삶이라고 할 수 있겠습니다.

세 번째, 불행한 삶은 다른 사람의 삶을 파괴하는 범죄자의 삶이라고 할 수 있겠습니다.

이 세 가지 삶의 특징을 좀 더 살펴보겠습니다.

첫 번째, 행복한 삶은 다른 사람을 또 다른 나로 보고 이 세상의 본질을 하나님의 사랑이라 생각하며 살아가는 감사와 사랑이 충만한 삶이라고 할 수 있겠습니다.

두 번째, 그저 그런 삶은 다른 사람을 남으로 보며 이 세상과 삶의 본질이 사랑임을 알지 못하는 감사와 사랑이 부족한 삶이라고 할 수 있겠습니다.

세 번째, 불행한 삶은 다른 사람을 적으로 보고 세상의 본질을 고통이라 생각하며 사는 미움과 원망과 분노가 가득한 삶이라고 할 수 있겠습니다.

이 세상의 존재 의미와 본질이 오로지 우리의 행복한 삶을 위한 하나님의 사랑이라는 것과 우리 서로는 경쟁해야 하는 남이 아니라 공존, 공생해야 하는 또 다른 나라는 사실을 자각하여 사고 혁명을 이루는 것이 우리 모두가 삶의 궁극적 목표인 행복한 삶을 이룰 수 있는 좋은 방법이라고 생각합니다.

무한 경쟁 사회

요즈음 사람들은 다른 사람과 자신을 비교하며 다른 사람보다 잘나가기를 원하고 인정받기 위하여 무한 경쟁을 이어 갑니다. 인정 욕구를 충족하고 행복감을 느끼기 위해서입니다.

우리나라는 어린아이의 유아 교육부터 초·중·고, 대학 교육까지 시험 점수로 서열을 매기는 주입식, 암기식 경쟁 교육을 시킵니다. 졸업 후 취업도 수백 대 일의 경쟁을 뚫어야 합니다. 자본주의 경제 체제는 약육강식, 적자생존의 비인간적 승자 독식 체제로 살아남기 위한 치열한 생존 경쟁을 촉발합니다. 이러한 극한 경쟁의 사회 분위기가 국가 소멸의 위기를 초래하는 저출산 고령화의 원인이기도 합니다.

끝없는 경쟁, 극단적 개인주의, 각자도생 사회는 지속 불가능한 막장 사회입니다.

지속 가능한 공존 공생의 상생 사회를 위해서는 교육도 주입식, 암기식 경쟁 교육이 아닌 상호 토론식, 창의적 비경쟁식 교육으로 전환하고 대학 입시를 폐지하고 비경쟁 자격시험으로 대체하여 입시 경쟁을 해소해야 합니다. 또한 대학 교육까지 국가 주도의 무상 교육을 실시하여 교육의 불평등을 해소하고 경쟁적인 개인주의, 각자도생이 아닌 공존 공생의 상생적인 인생철학을 심어 주는 인성 교육을 강화하는 것이 중요합니다.

승자 독식의 자본주의 제도하에서의 패자와 약자의 재기를 위한 국가적 지원 체계의 확립도 필요합니다.

이러한 경쟁이 아닌 지속 가능한 상생 사회를 만들어 가기 위하여 가장 중요한 것은 우리 서로가 남이 아니라 또 다른 나라는 깨달음이 필요합니다.

불평등 사회

요즘 전 지구적으로 큰 문제가 되는 것이 빈부 격차와 자산 불평등입니다.

세계 인류의 절반에 가까운 30억 명이 하루 2.5달러 이하로 생활하고 있으며 그중 10억 명은 하루 1달러 이하로 생활하고 있습니다.

세계 상위 1% 부자의 자산이 세계 전체 자산의 80%를 차지하고 있습니다.

우리나라도 상위 10% 부유층이 전체 자산의 50%를 소유하고 있으며 하위 50%가 전체 자산의 5%를 소유하고 있습니다.

빈자들의 한 달 생활비인 100만 원을 부자들은 한 끼 식사비로 지출하는 어처구니없는 상황이 연출되고 있습니다. 빈부 격차는 미래 세대를 파괴하며 경제 불평등의 증대가 부익부 빈익빈 사회를 심화시켜 빈부 격차를 심화, 고착화합니다. 아이들의 뇌 발달도 부모의 부와 연관이 있다고 합니다.

우리나라의 정치 체제는 성장과 기회 평등을 주장하는 보수주의와 분배와 결과 평등을 주장하는 진보주의가 극한 대립을 하고 있습니다. 그리고 경제 체제는 물질 만능주의인 자본주의를 채택하고 있습니다. 경제 제도는 민주주의 국가와 사회주의 국가 모두가 생산성과 효율성이 뛰어난 자본주의를 채택하고 있습니다.

자본주의는 공산주의에 비해 생산성과 효율성은 뛰어나지만 물질에 의해 인간이 소외되고 인간이 인간을 착취하고 환경을 파괴하는 부작용을 낳으며 특히 빈부 격차를 심화시켜 지속 가능한 성장 발전을 불가능하게 만듭니다.

이 불평등을 해결하기 위하여 1959년에 동독에서는 사회 모든 구성원에게 임금을 동일하게 지급하는 평등 실험을 하였습니다. 결과는 실패였습니다.
상류 지식인층이 대거 서독으로 이주했기 때문입니다.

다른 사람을 남으로 인식하는 현재 우리의 이기적 인성으로는 상류 지식인과 하층 노동자의 임금을 동일시하는 것은 불가능합니다. 현실적으로는 조세로 노동자의 임금을 최대한 보충하는 것이 최선입니다. 그리고 대학 교육까지 무상 교육을 실시하여 아이들의 기회 평등을 보장하는 것이 중요합니다.

　빈부 격차의 근원적인 해소 방법은 물질이 근본인 자본주의를 인간이 근본인 인본주의로 바꾸어 나가는 것입니다. 다른 사람이 느끼는 빈곤의 고통을 나의 고통으로 느낄 수 있는 '너는 또 다른 나'라는 깨달음이 빈부 격차를 원천적으로 해결하고 모두가 잘사는 행복한 세상을 만들어 갈 것입니다.

21

실행

세상엔 보석같이 좋은 말이 많이 있어요
석가, 예수, 공자, 맹자, 소크라테스의 말이죠

한데 우리의 마음과 세상 모습은 왜 이런가요
마음은 점점 메마르고 세상은 점점 황폐해져 가요

빛나는 생각도 앞선 생각도
생각에서 멈추면 무용지물이지요

수많은 좋은 생각 자라서 열매가 되도록
자라서 꽃이 되도록 말보다 행동이에요

머리로 아는 지식이 곧바로 마음과 행동을

변화시키진 못해요
행동하지 않는 말은 그림 속의 떡이지요

빛나는 생각도 앞선 생각도
생각에서 멈추면 무용지물이지요

수많은 좋은 생각 자라서 열매가 되도록
자라서 꽃이 되도록 말보다 행동이에요

행동하지 않는 말은 속 빈 강정이에요

빛나는 생각도 앞선 생각도
생각에서 멈추면 무용지물이지요

수많은 좋은 생각 자라서 열매가 되도록
자라서 꽃이 되도록 말보다 행동이에요

세상의 진정한 변화는 행동하는 말이에요.

어느 스님의 죽음

    최근에 단식으로 열반의 길을 택한 대현 스님의 유고집 《아름답게 가는 길》이 출간되었습니다.

    대현 스님은 "올 때는 비록 울면서 왔지만 갈 때는 웃으며 가고자 합니다."라며 평소 앓고 있던 병마(만성 폐렴)와 싸우는 대신 단식 수행의 길을 선택하겠다며 단식을 시작한 지 29일 만에 입적하였습니다.

    만성 폐렴을 진단받은 스님은 죽음이 멀지 않았다는 생각에 몇 가지 원칙을 정했습니다.

    "병원이 아닌 지금의 수행처(죽림선원)에서 죽고 싶다. 치료를 위해 어떠한 약에도 의존하지 않음은 물론 진정제나 진통제, 마취제도 쓰지 않았으면 한다. 단식 수행을 통해서 자연스럽게 다음 생으로 이어지고 싶다. 부처님이 마지막으로 가신 길을 공부하고 그 내용을 요약, 정리해 단식을 통한 내 경험과 함께 《아름답게 가는 길》이라는 제목으로 책을 출간해야겠다."

병마와 싸우는 대신 단식 수행으로 열반의 길을 선택한 대현 스님은 죽림선원에서 정진하던 중에 만성 폐결핵을 진단받았습니다. 독한 약을 아침저녁으로 두 번 복용해야 했지만, 위장이 뒤집힐 듯한 아픔에 몸을 가눌 수 없을 정도여서 힘들었습니다. 약을 끊게 되면 어떻게 되느냐고 의사에게 묻자 이런 대답이 돌아왔습니다.

"폐에 석화 현상이 와서 숨을 쉬기가 힘들어지고 체중이 점점 줄어들어 이삼 년 정도밖에 살 수 없을 것입니다."

다음은 대현 스님이 쓴 글입니다.

"나는 죽음에 대하여 많은 생각을 했습니다. 어떻게 죽는 것이 가장 잘 죽는 죽음일까? 죽음 그 자체는 두렵지 않습니다. 죽음은 누구도 피할 수 없는 것이기 때문에 당연하게 받아들입니다. 하지만 죽어 가는 그 과정이 두렵습니다. 주위에 죽어 가는 사람들의 죽음의 과정을 보면, 너무도 안타깝습니다.

병원 중환자실에는 거의 의식이 없는 환자가 산소 호흡기를 부착하고 링거액으로 영양분을 공급받아 숨만 쉬고 있는 경우가 많이 있습니다.

나는 늘 신도들에게 말하였습니다. 이 몸은 공(空)하여 거짓 나이니 애착할 게 없다고···. 하지만 막상 죽음이 내 코앞에 다가오니 어떻게 죽어야 잘한 죽음일까? 생각이 깊어집니다.

백 년, 이백 년 더 살다 간다고 해도 아쉽기는 매한가지입니다. 지금 더 살려고 버둥댄다면 그것은 생에 대한 애착 때문입니다. 생에 대한 애착은 윤회의 씨앗이 됩니다. 나는 그 윤회의 씨앗인 애착을 버리고자 합니다. 좀 힘이 남아 있고 정신이 또렷할 때 단식을 하면서 마지막 정진을 하고자 합니다.

나를 억지로 병원으로 데려가 영양제를 놓고 음식을 먹이지 마십시오. 간절히 부탁드립니다. 대중께 짐을 지워 드려 죄송합니다."

그리고 대현 스님은 "이 세상에 올 때는 오는 줄 모르고 왔지만, 갈 때는 알아차림으로 가는 줄 알고 가고 싶습니다. 올 때는 비록 울면서 왔지만, 갈 때는 웃으며 가고자 합니다. 수행자

답게 굳은 의지를 보여야 합니다."라며 단식 수행을 통한 열반
의 길을 택하였습니다. 그리고 다음과 같은 시를 남겼습니다.

七十五年空幻身 75년을 살아온 허망한 이 몸
東西南北空自忙 이곳저곳 공연히 바삐 돌아다녔네
世緣已盡空手去 세상 인연이 다해 빈손으로 가노니
白雲靑山空來去 백운이 청산에 공연히 왔다 가네

대부분의 사람이 병원에서 힘겨운 시간을 보내다가 생을 마
감하는 것이 정해진 코스가 되어 버린 오늘날, 웰다잉은 모든
사람의 화두가 아닐 수 없습니다.

안락사, 존엄사, 연명 치료 등의 현실을 누구나 맞닥뜨릴 수
밖에 없는 풍토에서 단식 29일 만에 입적한 대현 스님의 자의
적인 열반의 길은 오늘을 살아가는 모든 이에게 곰곰이 생각할
거리를 안겨 줍니다.

고통이 극심하고 회생 불가능한 불치병에 걸린 환자는 안락
사가 좋은 대안이 될 수 있다고 생각합니다. 그러나 고통을 회
피하기 위해 하는 단식으로 인한 자의적 죽음은 일반적인 자살

과 다르지 않습니다.

  그리고 열반도 죽어서 가는 물리적 장소의 개념으로 이해하
는 오류를 범하고 있습니다. 열반은 하늘 어딘가에 있는 물리
적인 장소가 아니라 깨달음을 얻어 업보와 윤회의 사슬을 끊고
해탈에 이른 상태를 말하는 것입니다.

  단식을 통한 자의적 죽음으로 열반에 들어간다는 생각은 매
우 어리석고 위험하고 잘못된 생각으로 이는 모두가 경계해야
할 주요한 사안입니다.

월요병

학생이나 직장인 대부분은 주말 휴식 후 월요일 아침에 정신적, 육체적 피로감, 우울감, 무력감 등을 느낍니다. 소위 월요병 증세입니다.

월요병은 주말 동안의 불규칙한 생활 수면, 식사 등의 흐트러진 생체 리듬이 주원인입니다. 주말에 평일의 스트레스를 풀기 위하여 늦은 밤까지 음주, 야식 등의 활동을 하고 늦게 자고 늦게 일어나면서 평상시의 생체 리듬이 깨지게 됩니다.

이에 따라 일요일 저녁부터 월요일 출근 부담으로 인해 기분이 다운되고 가슴이 답답하고 두통이 생기게 되며 수면의 질도 나빠집니다. 또한, 되풀이되는 일상적인 업무 스트레스에 의한 심리적 중압감으로 월요병이 발생합니다.

월요병 예방법은 다음과 같습니다.

- 평일과 같이 일찍 자고 일찍 일어나며 규칙적인 생활로 일
  상적 생체 리듬을 유지한다.

- 아침 식사를 하고 수분, 과일, 야채 등을 충분히 섭취한다
  (비타민, 무기질 섭취로 피로 회복을 촉진).

- 커피 대신 차를 마셔 피로 회복과 심신 안정을 도모한다.

특히 일에 대한 부정적인 인식이 업무 스트레스와 심리적 중
압감의 주원인입니다. 일의 의미와 가치는 기본적으로는 경제
적 생계 수단이며 한 차원 높게는 삶의 기본 요소이며 자아실
현의 수단입니다.

일의 의미와 가치에 대한 긍정적인 인식 전환으로 일에 대한
감사와 사랑의 마음을 가지면 일에 대한 스트레스와 심리적 중
압감이 사라져 월요병도 사라질 것입니다.
매일매일 좋은 날입니다.

너는 또 다른 나

1판 1쇄 발행 2022년 4월 8일

저자 윤기철

교정 주현강　**편집** 문서아
마케팅 박가영　**총괄** 신선미

펴낸곳 하움출판사　**펴낸이** 문현광

이메일 haum1000@naver.com　**홈페이지** haum.kr
블로그 blog.naver.com/haum1000　**인스타그램** @haum1007

ISBN 979-11-6440-965-5 (03810)